LA MÉSANGÈRE

LES

PETITS MÉMOIRES

DE

PARIS

CONTENANT

Quatre Eaux-Fortes originales

PAR

Henri BOUTET

VI

Toutes les Bohêmes

A PARIS

CHEZ DORBON L'AINÉ, LIBRAIRE
53 ter, Quai des Grands-Augustins

LES PETITS MÉMOIRES

DE

PARIS

VI

Toutes les Bohêmes

Les Petits Mémoires de Paris sont complets en six volumes

I. — Les Coulisses de l'Amour
II. — Rues et Intérieurs.
III. — Carnet d'un suiveur.
IV. — Les Petits Métiers.
V. — Les Nuits de Paris.
VI. — Toutes les Bohêmes.

Pour paraître en Octobre prochain :

Les Petits Tableaux de Paris

Un volume in-32 contenant quatre Eaux-fortes d'Henri Boutet.

Il est tiré de chacun de ces volumes vingt-cinq exemplaires sur Japon des Manufactures impériales, numérotés de 1 à 25, et contenant une double suite des eaux-fortes. — Prix : 10 francs.

BOHEME

LA MÉSANGÈRE

LES

PETITS MÉMOIRES

DE

PARIS

CONTENANT

Quatre Eaux-Fortes originales

PAR

Henri BOUTET

VI

Toutes les Bohêmes

Deuxième Édition

A PARIS

CHEZ DORBON L'AINÉ, LIBRAIRE

53 ter, Quai des Grands-Augustins

MDCDIX

NOTE DE L'AUTEUR

Toutes les Bohêmes ! — Bohême de l'art, Bohême de l'argent, Bohême des affaires, Bohême de l'amour — toutes mènent à des résultats différents : la fortune ou la misère.

Tout comme un vin généreux, la Bohême a son écume et sa lie : Ecume avec le bluff et les rastas; lie avec les malandrins et les miséreux.

La Bohême, c'est aussi bien Villon qui détrousse un passant entre deux Ballades, que saint Vincent de Paul qui fait sa prière en secourant un gueux.

La grande et sainte Bohême, c'est tout ce qui dépasse les conceptions moyennes. C'est le paradoxe vers le Beau.

C'est Corneille chez le Savetier ; c'est Balzac qui écrit le Père Goriot sur des contraintes d'huissier.

C'est Bernard Palissy qui brûle ses meubles pour alimenter son four ; c'est Callot répondant à Louis XIII : « Je me ferai plutôt couper le pouce que de graver la prise de Nancy. »

C'est Beaurepaire qui se loge deux balles dans la tête pour ne pas rendre Verdun, et c'est Baudin qui meurt sur une barricade pour vingt-cinq francs.

C'est Musset qui se grise et c'est Verlaine qui se pocharde.

C'est Camille Desmoulin, la feuille de marronnier au chapeau : c'est la cocarde au bonnet de Mimi Pinson.

C'est Hégésippe Moreau qui meurt à l'hôpital, et Gérard de Nerval qui se pend.

La Bohême est tout ce qui est grandiloquent allant du Beau au Laid et du Mal au Bon, de Don-Quichotte àRobert-Macaire. Les Bohêmes dorment aussi bien dans l'Auberge des Adrets qu'au château de Dulcinée.

La Grande et Sainte Bohême recrute les soldats parmi tous ceux qui marchent à la conquête de leur rêve sans se soucier des réalités. Soldats qui cueillent des fleurs aux buissons, mais qui n'ont pas de souliers.

Ce sont les hordes sacrées de la Thébaïde et le Bataillon de la Moselle en sabots.

C'est la marche à l'Etoile aussi bien que la course à l'abîme.

Ce sont tous ceux qui, pour la défense d'une idée et le culte du Beau, savent s'élever au-dessus des réalités, sans souci ni des misères, ni de la souffrance et ni de la mort.

La Bohême de l'Art

Plus qu'une autre, la Bohême de l'Art a ses calvaires !

Combien parmi tous ces rêveurs et tous ces coureurs de chimères échappent à la conception d'une vie bien ordonnée.

En peut-il être autrement, quand au lieu de passer sa vie derrière un comptoir, quand au lieu d'être limonadier ou courtier en dentelles, marchand de meulières ou agent d'assurance, on est livré à la trompeuse besogne qui vous fait mettre votre pensée au service d'un tableau, un livre, une statue ou une pièce de théâtre.

Certes, ces pauvres bohêmes de l'Art n'ont ni une vertèbre de plus ou de moins qu'un compagnon maçon ; mais, ils sont tout de même, autrement, par tout ce qui vient différencier leurs besoins, leurs appétits et leurs désirs.

Tous ceux qui cheminent sur la route de l'Art ne sont pas ainsi.

Il en estqui sonttout aussi entendus sur les chiffres que des chefs d'administration ou des liquidateurs de faillite. Leur sens artistique fait très bon ménage avec leurs porte-monnaie, ce qui ne les empêche nullement de tenir, dans les parlottes, une place considérée même si cette place n'est pas considérable. Elle les mène aux honneurs, plus facilement que l'absence de sens pratique n'en éloigne les autres.

Jamais le monde de l'Art n'a compté autant de membres de comités, de présidents, de secrétaires et de trésoriers qu'à notre époque. Peu à peu, l'artiste bohême sera allé rejoindre les vieilles lunes et les vieux décors et, pour écrire des pages intéressantes sur la Bohème de l'Art, il faudra emprunter ces pages au passé.

Modèles d'Artistes

Le modèle de peintre est une petite femme à qui l'artiste donne cent sous pour se mettre toute nue devant lui. Voilà la raison de sa présence dans des pièces hautes de plafond, toiturées de carreaux de verre, où un gros poêle de fonte ronfle, tandis que, pendus aux murs, les esquisses, les projets ébauchés, les études sommeillent, attendant l'heure favorable où l'artiste en sortira un chef-d'œuvre... ou rien du tout.

Il est des femmes mariées, parmi les modèles, des Mme X... dûment estampillées à la mairie, les unes ayant rompu des liens qui devaient plutôt être durs à leurs conjoints, les autres continuant dans la paix d'un bon ménage l'exercice d'une profession à laquelle elles sont habituées et à laquelle aussi elles habituent leur mari ; cette profession n'est pas plus dangereuse, pour leur vertu, que celle de dame de magasin ou de couturière en journée. A vaincre des dangers, la vertu reste plus sereine et elle se grandit à les mépriser. C'est donc tout à l'honneur des femmes mariées qui sont modèles, et tout à la louange de l'état d'âme de leurs maris. C'est un triomphe pour la saine morale, et une supériorité sur les préjugés bourgeois.

Le modèle sage... nous dirons, si vous voulez bien, le modèle marié, car la sagesse n'ayant pas encore de distinction tangible... au moins en apparence, les titres de vertu devront rester à ceux que la loi protège de son écharpe tricolore. Donc, le modèle marié se déshabille vite. En deux temps — la vertu sans doute n'ayant pas à craindre de faux pas — tout est à terre, et le paquet des dessous bourgeois mis en place, sur la chaise ou sur le divan, où il sait qu'on ne viendra pas le déranger.

Il en est autrement, à part quelques exceptions, du modèle non marié. Arrivé en retard, il n'y a vraiment pas de raisons pour se presser, et c'est un tas d'affaires qui prennent du temps que toutes ces agrafes qui ne « veulent jamais venir », que les rubans à ménager, que les cordons à défaire que tous les riens de chiffons, de cache-corset, de pantalons à bouffettes, de corset amadou, aux dentelles mauves pleurant sur les bords... Et puis, il faut veiller à tout cela, le mettre au bon endroit, à l'abri de la palette et de la poussière. Enfin, ça y est! et voilà Blondinette toute nue, s'ébrouant comme un oiseau, s'approchant du poêle.

Elles sont plus frileuses que les autres. Pourquoi?

— Allons, commençons-nous? Vous n'avez pas encore fait votre palette, j'étais bien bonne de me presser.

Elle monte sur la table à modèle :

— En v'là un tapis qui gratte les pieds, on dirait qu'on marche sur le dos d'un hérisson...

La séance commence, le peintre prend ses brosses et malgré le jacassement ininterrompu de Mlle Blondinette, se livre à la recherche laborieuse d'un raccourci qui « ne vient pas ». La mauvaise humeur se traduit par un : « N. d. D... tu ne peux donc pas rester en place, je ne t'ai pas pris pour poser des asticots! » ce qui lui attire cette réponse :

— Quand vous aurez des tapis comme Carolus Duran, je n'bougerai pas; c'est comme si j'étais sur une pelotte.

Et le peintre, muet, se replonge dans les difficultés de perspective de son raccourci.

Bien qu'on emprunte au modèle féminin les secrets de sa grâce et les artifices de sa beauté, et qu'on lui demande de traduire des gestes de déesses, des attitudes de reines et de collaborer à d'idéales figures de rêves, c'est tout de même une fille de Paris que l'artiste a devant lui. On ne naît pas modèle comme on naît princesse et c'est un des côtés de la profession qui pique au vif la curiosité du public, que les pourquoi et les parce que, qui ont préludé à l'entrée de tant de jeunes femmes dans les coulisses de l'atelier du peintre.

C'est souvent plus simple qu'on ne le pense, et, cependant, chaque examen de ces cas de simplicité trouble un peu et fait réfléchir ; la psychologie trouve son compte dans l'examen attentif de cette première fois où la femme, devant un monsieur qu'elle ne connaît pas du tout, doit se montrer nue.

Rarement l'artiste a la primeur de ce corps de femme qui s'offre à ses yeux, sans mystère. Mais, moins rarement qu'on le suppose, cette « première fois » est vraiment une « première fois », malgré les protestations de bien des femmes pudiques autant que charmantes qui se révoltent à cette idée.

Et bien, oui, il en est qui viennent frapper à la porte de l'atelier, poussées par le besoin du morceau de pain à gagner; renseignées par une amie, déjà modèle, elles sont venues un jour, dans une heure de détresse, dans un moment de chômage, demander, là, le pain d'un jour, craintive et peureuse peut-être, mais avec l'idée que le minotaure qui les guette ne se trouve pas dans les ateliers d'artiste.

La cause la plus fréquente, en dehors des antécédents de mères ou de grandes sœurs ayant été modèles, est l'amie qui a quitté l'atelier et qui pose. Le contact des restaurants et des bals publics, la rencontre de l'ami d'une heure qui est peintre au lieu d'être menuisier, mènent fréquemment la débutante à l'atelier.

Et, parmi ces débutantes, s'il en est quelques-unes comme celles dont nous parlions plus haut, combien en est-il d'inconscientes, d'une inconscience qui déconcerte et qui donne la certitude qu'elles ne sont pas plus troublées d'enlever leur chemise que d'ôter leur chapeau. Et, comme on comprend, après le bavardage de quelques séances qui vous a fait un peu pénétrer dans leur vie, qu'il en soit ainsi ! Ah ! les histoires qu'elles vous racontent et toutes les misères qu'elles sortent de leurs jours d'enfance et de leur vie coutumière ; comme tout cela devaient bien les mener là !

Avez-vous besoin d'un modèle — elles disent quelquefois d'une poseuse, alors on est fixé : ce sont des novices. « Entrez ». Il en est qu'il est bien inutile de *voir*. Pauvres filles ! à quoi bon ?

Qui vous a dit d'être modèle ?

— Personne, mais il faut que je mange.

— Que faisiez-vous avant ?

— J'étais couturière, il n'y a plus d'ouvrage on m'a remercié ; j'ai cherché partout je ne trouve pas de place.

— Mais ma pauvre enfant, c'est un métier très dur, peu sûr !

— Que voulez-vous que je fasse. J'ai un gosse, faut bien que je le nourrisse. Mon frère, qui est cocher, me garde depuis une quinzaine, mais il va se marier, il faut que je décampe, ma belle-sœur ne veut pas nous garder. Je n'ai plus que la Seine, ça, ou pire...

On prend une séance. On dessine n'importe quoi et on lui donne des adresses d'amis. Où va-t-elle la pauvre fille ? Auquel des trois endroits qu'elle vous désignait ira-t-elle porter sa misère ? Je dédie en passant cette chose vraie — il en est bien d'autres aussi tristes — à ceux qui croient que les modèles sont toutes des filles que le plaisir attire.

Il en est d'autres qui posent pour embêter leur amant.

L'air de l'atelier les tient et les garde, même si elles ne posent plus, elles reviennent en passant dire bonjour, vous donner des nouvelles de Pierre ou de Jacques qu'elles ont rencontré. Elles bavardent, disent qu'elles regrettent l'atelier, grillent une cigarette, vous demandent un croquis pour leur chambre, et s'en vont gaies, amusantes, emportant un peu de cet air d'atelier qu'il leur faut respirer de temps en temps.

Il en est de toutes sortes ; des sentimentales et des perverses, des niaises et des fines-mouches, des naïves et des roublardes. Il en est qui font du crochet pendant les repos, d'autres qui vous parlent de leur mère ou qui vous accablent de questions sur tout, vous demandant des conseils sur la direction de leur vie, ce qu'il faut faire pour s'empêcher de grossir ou bien si elles doivent lâcher leur amant pour en prendre un autre.

Une, un jour, racontait le mal qu'elle avait à joindre les deux bouts. Elle était douce comme une agnelle, réservée, presque pudique, avec un petit babil d'oiseau, très naïve, innocente, sans bêtise. Une jolie petite grisette d'autrefois vivant avec un étudiant de son âge, mais sans le sou, d'une jolie petite existence cachée dans la chambre du sixième aux rideaux clairs, avec la cage aux serins et les giroflées sur la fenêtre. Toute sa vie était une jolie petite idylle très tendre. Elle se plaignait de la rareté des séances, très honnêtement, elle était modèle comme on est couturière.

Il en est d'amoureuses d'imprévu et de curiosités : femmes de province échouées à Paris après un divorce, liseuses de romans, bas-bleus ratés, hystériques ou chercheuses d'aventures, venant à l'atelier, envoyées par quelqu'un dont on ne sait pas le nom, tombant chez vous on ne sait d'où, ayant toujours des malheurs à vous raconter; ramassis venant d'un peu partout, vous donnant le plus souvent la curiosité d'un état d'esprit que la névrose guette; tapeuses quelquefois, intéressantes toujours.

Une Autrichienne, une merveilleuse blonde, coquette, soignée de sa personne, couverte de bijoux, vivant de six mille francs de rentes laissés par un amant, posait pour le plaisir de poser, de se savoir nue et regardée; chose curieuse, chez une jolie femme coquette, il lui manquait une dent qu'elle s'entêtait à ne pas se faire remettre. Elle était le modèle le plus exact, le plus régulier qu'on puisse rencontrer. Chez elle, ni complications, ni désir de plaire, ni rien qu'on puisse sous-entendre. Elle aimait à poser. Elle aimait à être nue pour qu'on la regarde et qu'on fasse d'elle un tableau! Elle ne disait presque rien, souriait toujours d'un sourire qui eût été délicieux sans cette sacrée dent qui manquait et qui perçait d'un trou noir sa jolie rangée de dents blanches.

Une autre était amoureuse de son corps; déshabillée, elle passait son temps à l'inventaire de toute sa personne, regardant quelque légère éraflure sur son bras, lissant sa peau de la paume de sa main aux endroits marqués des marbrures du corset; se malaxant les genoux, se maniant comme si elle même s'était modelée en terre glaise, enlevant de ses épaules une petite peluche laissée par une serviette, en cherchant d'autres comme si elle eut enlevé le duvet d'un poulet qu'on plume, soupesant ses seins...

— Ils ne tombent pas ?

— Mais non, ils ne tombent pas.

— On m'a dit de les tremper dans du vinaigre ?...

Elle vous parlait de ses pieds qui étaient un peu rouges, elle avait peur d'avoir un durillon ; puis, toujours de ses seins vous donnant les sensations d'une cuisinière vous racontant ce qu'on mangera pour le dîner.

Et il en est de toutes sortes, de tout âge, de toute condition. A côté des professionnelles qui forment exception chez le modèle féminin ; il en est d'autres de la noce ou de la misère, et c'est un chapitre curieux de la Bohême qu'elles offrent à l'observateur.

Albert Mérat

6 h. 1/2 16 janv.

Je le quitte à l'instant, mort, étendu sur son lit, de noir habillé, beau comme un chevalier, rajeuni de cette jeunesse de la mort qui met sur les figures l'illusion d'une vie qui recommence.

Le poète René Hubert, rencontré par hasard, m'apprend cette mort que je redoutais. Nous revenions ensemble de l'enterrement de Coppée, Mérat me dit : « Je me tuerai. » J'étais allé prendre de ses nouvelles voilà deux jours; il n'était plus dans ce petit pavillon de la rue de la Sablière, où j'allais le voir. La porte était close; un voisin me dit qu'on l'avait mené dans une maison de santé et je me rendais, près de cette amie qui l'a soigné, comme on soigne un enfant malade, prendre de ses nouvelles.

Je les ai, maintenant, ces nouvelles! Il me disait voilà quinze jours : « Je finirai comme Frémine. Je préfère cela au cabanon », et ses grands yeux me regardaient d'une façon étrange, dans cette pièce, où, je le vois, et où, sur la table, en causant, je maniais une boîte de croquettes; aujourd'hui j'ai là, dans la main, le petit revolver qu'il avait acheté, et les deux douilles vides, que, machinalement, je roule entre mes doigts comme on roule une cigarette : les deux petites douilles menues, dont, cette nuit, il s'est logé le plomb dans la tête, par ces deux petits trous l'un près de l'autre, là, derrière l'oreille, ces deux petits trous, par où la mort libératrice est entrée, trouant ce cerveau de poète où le rêve et la pensée avaient établi leur domaine.

Oh! ce Minotaure, à qui il faut quand même, pour les dévorer, les enfants d'Athènes!

Oh! les chères heures des gloires d'autrefois! L'encre fraîche des petites Revues qui publiaient vos premiers vers. La camaraderie du rêve autour des tables des parlottes du quartier Latin, devant les piles de soucoupes où, comme des louis d'or, l'on jetait à pleine main toute la joaillerie des rimes sonores, pendant qu'à côté de vous, les yeux dans vos yeux, Nini cassait des noisettes !

Puis l'encouragement des maîtres ; le premier volume publié chez Lemerre, dans la poche du pardessus.

L'avenir devant vous se montrant dans la gloire d'un lever de soleil... Les longues marches dans les bois et où l'on chassait des rimes comme on chasse des papillons... Les arrêts sous les tonnelles à Meudon... Les rentrées le soir, avec, devant soi, tous les vers luisants des lumières d'or de ce grand Paris promètteur de toutes les gloires, berceur de toutes les illusions, sur le fond d'horizon, dans la poussière de limailles d'argent de la nuit, où la grande ville silhouettait ses clochers et ses dômes... Puis, c'était les arrêts à la barrière, pour noter un beau vers, sous un bec de gaz, pendant que Nini rattachait sa jarretière.

Tranquillement, on va par les rues de Plaisance qui deviennent désertes, on gagne le boulevard Montparnasse, la terrasse de Tomel, où, derrière les fusains, des rêveurs, des

UN MODÈLE

poètes et des artistes comme soi, sont assis autour des tables, devant des bocks de bière fraîche.

Autour des lampes de jardin, des rimes sonores volètent, se mêlant aux pauvres petites bestioles, qui viennent, attirées par cette clarté, se brûler à cette lumière trompeuse, dans cette nuée de tous petits insectes qui tombent dans nos soucoupes, les pattes en l'air et les ailes brisées. C'est un peu l'image de nos rêves qui passe.

Là-bas, au loin, sur la cîme des grands marronniers, la lune poursuit dans la nuit sa marche lente et tranquille. Son paisible voyage se continue derrière des nuages qui se bousculent devant elles comme un troupeau qui rentre. N'étant pas plus pressé que cette lune qui se promène on s'attarde avant d'aller se coucher... Il fait si beau! Enfin, l'on part grisé de toute la joie que cette journée vous a donnée et de toutes les senteurs de fraises et de bruyères en fleurs qu'on rapporte des bois.

On est ivre de jeunesse et d'espoir devant

l'avenir que vous offre cette belle et radieuse nuit d'été.

Du corsage de Nini des parfums discrets de chair de femme s'associent aux mystérieuses effluves qui viennent de toutes les fleurs et de tous les arbres de ce coin délicieux...

Et c'est l'ivresse de la vie d'un jour!...

Plus tard, c'est la consécration du succès, l'apothéose autour des tables du Voltaire, avec un discours de ministre et les poignées de main d'amis, pour fêter la boutonnière rougie du sang des coquelicots.

Joie d'une heure! Le compte rendu le lendemain dans les journaux; le dernier volume qui s'enlève aux devantures des libraires.

C'est le commencement de la fin, cependant, que cette joie éphémère. Tout seul, après, dans les allées de la Pépinière, on s'aperçoit qu'elle est peu de chose et qu'elle ne vaut pas les promenades à Meudon et les dîners sous la tonnelle avec Nini; et, pour la première fois, quelque chose d'amer pénètre en vous. On se demande s'il ne viendra plus rien, désormais, pour remplacer les heures d'autrefois. Comme un coup de vent froid qui vous glace la peau, une angoisse est entrée en vous comme un grand frisson qui vous serre le cœur. On n'ira pas plus haut maintenant, quoiqu'il arrive. Il va-falloir descendre, et, toujours descendre. C'est aller chaque jour un peu vers la fin..., vers une fin qui vous fait peur. Les jours passent...

On devient injuste envers la vie. Devant les arrêts de l'inflexible loi qui vous frappe, l'amertume vous gagne et le cerveau s'embrume.

La sagesse ne vous dit pas que les réalités des vingt ans étaient des rêves réalisés ; mais que ceux que la vieillesse forme sont stériles, et que, sans points d'appui pour accomplir la dernière étape du voyage, on meurt de cet abandon.

D'autres forces, cependant demandent à éclore! Elles ne sont, sans doute, que les bourgeons que font naître les soleils d'automne, mais ces bourgeons ont aussi leur espoir. On sait bien que le soleil qui descend vers l'horizon termine la vie d'un jour. Les couchers de soleil en sont-ils moins beaux et ne contiennent-ils pas des splendeurs où la vie pure s'endormira...

Pour certains, cette vie a été trop belle! Ceux qui ont chanté la parure des vergers en fleurs et l'éclat des lèvres fraîches, ont cru que, toujours, ils auraient à jouir de richesses que tant d'autres n'ont pas eues.

Puis, ils se sont réveillés. Un affreux cauchemar a enserré leur cerveau dans un cercle de fer. Les amis partaient les uns après les autres. Quelques-uns restaient; mais l'âge impitoyable marquait de tristesse la faillite de leurs amitiés. Et la solitude, drapée d'un voile de deuil, se dressait devant vous comme l'image d'une statue antique.

Peu à peu, les rêves d'autrefois, les illusions anciennes s'évaporent comme la fumée de ces petits feux de bûcheron que l'automne allume au flanc des forêts... Quand il n'y a plus de fumée, il n'y a plus de feu dans ces petits brûlots de branches mortes et de feuilles sèches. La fumée, seule, vous donnait l'illusion qu'on pouvait y réchauffer ses membres et son cœur et on se sent glacé par le vent d'octobre... qui soufle sur les cendres de ce foyer sans pouvoir le ranimer.

Autour de soi, on regarde, on voit des gens très simples qui continuent la vie près d'une compagne vieille comme eux, qui ont une grande fille au bras ou de petits enfants qui leur grimpent dans les jambes...

Mais tout cela manque aux coureurs de chimères!

Oh! les fins de vie de ceux qui ont toujours rêvé!...

Oh! ce sonnet de la vie... avec cette chûte!

Un Pêcheur à la Ligne

C'était dans un petit café de l'Ile Saint-Louis, le pêcheur à la ligne était un de nos maîtres de la Faculté. Grand, serré dans sa redingote, il avait un profil de médaille, un esprit parisien à l'emporte-pièce, le verbe net, le mot brutal et cru, et la fierté hautaine de ceux qui n'ont pas usé leurs semelles sur des paillassons de ministre.

Il n'ignorait pas que la place des princes de la science était dans les soirées officielles, dans les banquets et dans les officines académiques ; mais il ne mettait jamais les pieds dans ces endroits-là. Comme il ne faisait pas de clientèle, comme il n'avait aucun jour de réception, on ne pouvait guère le trouver qu'à l'hôpital, à son cours, ou... dans le petit café de l'Ile Saint-Louis, où, chaque soir, après dîner, on le voyait.

Il ne dînait pas toujours là ; mais, souvent. En tous cas, de huit heures à huit heures et demie, autour du billard, la queue pesée, le procédé passé au papier de verre et au blanc, il se livrait avec les boutiquiers du quartier, à la douceur des carambolages.

Il était très mauvais joueur et, un « coulé sur bande » raté, amenait une débauche de N. d. D. qui faisait croire que le pont de la Tournelle s'écroulait avec fracas.

De neuf heures et demie à dix heures, il filait et regagnait un bateau amarré au Petit Pont, où un marinier l'attendait ; et, pendant deux heures, il manœuvrait la ligne de fond dans le petit bras de la Seine.

Il pêchait régulièrement dans cet endroit, depuis trente ans, aux mêmes heures. Il regrettait les vieux cagnards démolis, le temps où Bouchardat lui livrait toute la coulée des cataplasmes de l'Hôtel-Dieu. « Dans ce temps-là, disait-il, on prenait des barbillons gros comme des enfants. »

Vers onze heures et demie, il revenait au petit café avec, dans un filet, quelques poissons qu'il offrait au patron et qui étaient pris sur la totalité de la pêche qu'invariablement il donnait au batelier, à la charge par lui, de payer, une fois par an, aux « Marronniers » de Bercy, un déjeuner de six couverts.

Ces pêches nocturnes avaient donné à cette originale figure de professeur de la Faculté, l'occasion de sauver « dix-sept personnes ! »

Il fallait lui entendre raconter ses sauvetages et je connais l'histoire des dix-sept. Je me résume dans une seule. C'était une vieille femme de soixante ans; on l'amena sur le quai, le bruit avait attiré du monde; elle était presque morte et le docteur dut l'insuffler.

Autour de lui, les spectateurs anxieux attendaient; la respiration ne venait pas vite. Cependant, un moment, la poitrine se souleva et amena dans la bouche du docteur un demi litre de rhum; la bonne femme était sauvée. Un homme dans la foule, ignorant sans doute ce qu'était l'insufflation, dit à son voisin : « Avez-vous vu comme il l'embrassait sur la bouche ? Ça devait être sa mère. »

Je lui ai entendu raconter ce sauvetage.

Tel était le docteur Pajot.

Ménage d'Artiste

Si le peintre X... avait eu du talent et si sa femme eût été la compagne ayant associé une vie digne à l'existence incertaine d'un artiste; si elle eût donné son cœur et porté de pauvres robes, soutenu la main défaillante de son mari, si elle s'était fait consolatrice des heures de doute que tout véritable artiste porte en soi : cette femme eût été l'adjuvant à un ménage qui devait périr de misère ; ces deux pauvres êtres, auraient été secoués par les scrupules, affolés par les dettes criardes, et, en vain, ils auraient attendu les commandes du gouvernement et les achats des amateurs.

Autrement, sont les choses qu'une catin dirige et qu'un miteux peintre d'enseignes supporte.

Madame a des yeux d'enjoleuse et la croupe altière. Elle est jolie, oui, très jolie même; on vante sa grâce, son charme certain et son éducation parfaite. La meute de chiens en chasse poursuit, alors, ce gibier de race. Le talent du tâcheron bénévole s'indique, les achats de tableaux se soldent en même temps que les complaisances de canapé, et les personnages officiels confirment les succès de cette notoriété naissante.

Un salon parisien est fondé. Le monde officiel y afflue, les gens de théâtre s'y montrent, les ambassades donnent, les gros industriels trouvent, là, à écouler une réserve de sentiments comprimée par les chiffres. La sénilité de quelques vieux fêtards y refait ses heures de jeunesse; on trouve des prétextes à se réunir: le rassemblement d'œuvres du tzigane en est une, on prononce des discours officiels, on achète et on décore!

Il faut des valets et des domestiques. Si leur besogne a moins de noblesse que celle du charpentier, c'en est une tout de même que de secouer des habits et de cirer des bottes, il faut que ces gens-là vivent.

Mais, disposer de son influence, de ses fonctions, de sa richesse, pour la satisfaction d'appétits dont une catin et un mauvais peintre profitent. C'est la dernière besogne de la dernière des valetailles.

Quel farceur que ce Desgenais qui demandait place pour les honnêtes femmes qui vont à pied!

Elles vont, elles iront toujours à pied, les honnêtes femmes! Seulement, mieux qu'au temps des huit-ressorts et des landaus, les automobiles d'aujourd'hui les écrasent.

Ateliers de Littérature

On fabrique de la copie, pour les romans et pour les pièces de théâtre, comme on pique à la machine et comme on façonne des chaussures à bon marché.

Des industriels littéraires et des commerçants, haut cotés dans l'art du théâtre, sont à la tête d'organisations qui leur permettent de suffire à toutes les demandes et de répondre à tous les besoins.

Les hommes qui, comme Balzac et tant d'autres, veulent tout faire eux-mêmes en sont vite réduits aux entrevues avec les huissiers.

Des fortunes personnelles sont la plupart du temps le point de départ de fortunes littéraires.

— Je prends le mot fortune dans son sens purement pécuniaire. C'est un tremplin, ce sont des moyens d'actions qui mènent presque toujours au succès et, quelquefois, à la gloire.

S'il était possible de dire ce qu'on sait sur un pareil sujet, tous les chapitres des *Petits Mémoires de Paris* deviendraient falots devant les curiosités que l'auteur pourrait dire et tous les mystères qu'il pourrait dévoiler.

Je comprends que des mémoires ne puissent se publier, que cinquante ans après la mort de celui qui les écrit.

L'auteur des *Petits Mémoires de Paris* qui se pique avant tout de franchise et de sincérité, doit donc laisser dormir sur sa table les choses les plus intéressantes parmi celles qu'il a annoncées.

En outre, qu'il pourrait toujours mettre un nom sur les figures qui passent devant lui et dont il parle, il lui serait facile de compléter le relief de certains tableaux à l'aide des faits impossibles à dire.

Vivre en solitaire dans un coin, mais aller partout, sans se montrer, et surtout sans qu'on vous connaisse, est le meilleur moyen de savoir beaucoup de choses.

Les bavardages de salon, les propos qui s'échappent de conversations préparées à l'avance pour les besoins d'une gymnastique oratoire, ne trompent guère les oreilles averties.

C'est la surface qu'on voit ; le fond est plus difficile à atteindre. Et, une fois que sont évaporées de l'aspect des choses le convenu et l'artifice sous lesquels elles se sont montrées, c'est, au fond du creuset, la matière débarrassée des crasses et des litharges, qui, seule, a la valeur d'un document moral.

On ne peut documenter, comme il conviendrait de le faire, un chapitre sur la bohême littéraire.

Plagiat, ingénieuse méthode du travail, roublardise, tâcherons à tant la ligne, qui font la besogne de gens qui roulent dans les autos parce qu'ils roulent les autres, rien ne se peut dire, et ce chapitre ne peut se résumer que par ce mot connu d'un boulevardier qui en savait encore plus long que moi :

— Savez-vous de qui est la dernière pièce de X...?

Médaille d'Honneur

J'étais allé voir mon ami X... le peintre célèbre, mondain... illustre... pour le féliciter de la médaille d'honneur qu'il venait d'arracher aux comités régionaux de la peinture à l'huile.

— Mon pauvre vieux, me dit-il, ne m'en veux pas ! Et il s'effondra entre les deux coussins de son divan oriental. Assieds-toi près de moi ; tu es peut-être tout ce qui me rattache au passé, à ma vie de jeunesse et à mes rêves d'autrefois.

Vois-tu, c'est l'affection d'un vieil oncle qui m'a tué ; toi, tu peux être mon confesseur, écoute-moi bien. Certainement, je crois que j'avais réellement quelque chose dans le ventre ! Quand je sens monter en moi cet amour des maîtres, cette passion que j'avais à traduire mes premières émotions sur un bout de toile, tout ce que m'a donné ma jeunesse d'autrefois, je me rends bien compte que je n'ai payé ma dette, ni à mes vieux maîtres, ni à mes émotions de jeunesse, ni à moi-même. Eh bien, je me fais honte et je me méprise. J'ai été lâche à cause de mon tempérament. Sans doute, et ce n'est pas ma faute si ma carcasse charroie plus de lymphe que de sang. J'ai été tué par les scrupules et je suis bien mort. Tu viens juste pour me féliciter, au moment où l'on m'apporte les premières fleurs de mon enterrement.....

— Oh ! non, vieux, tu sais, je ne viens pas pour te faire de compliments sur le tableau qui t'a valu la médaille d'honneur au sujet de laquelle je ne viens pas te féliciter. Je suis venu, près de toi, parce que tu es le vieux camarade que j'ai toujours aimé et que tu n'as même pas besoin de me dire ce que je sais aussi bien que toi. Tu es un faible, ce n'est pas ta faute. Tu as été tué par les bourgeois....

— Ecoute-moi bien, ajouta-t-il, je pense, que mes débuts faisaient espérer que je pourrais, tout aussi bien qu'un autre, arriver à être un bon peintre, ému, loyal et consciencieux. Tu sais comme la vie m'était dure dans mon petit atelier de la rue de Furstenberg; comme je luttais sans me plaindre et comment j'acceptai un jour le concours pécuniaire de ce bon vieil oncle qui, en m'aidant, ne savait pas qu'il me tuait. Les années se passaient, je n'étais toujours pas reçu au Salon et les marchands boudaient sur mon bouleau....

Un jour, le vieil oncle vint. C'était un matin. Il me dit : « J'ai à te causer, viens, nous allons déjeuner au café d'Orsay. » Tu sais, c'était au temps où il y avait la Frégate.

Au dîner, il mordait sa barbe, écrasait entre ses doigts « un brévas » qu'il roulait outre mesure : je sentis que le moment d'écouter une semonce était arrivé.

« Fiston, me dit-il, tu ne peux pas continuer comme ça ! J'ai toujours la même confiance en toi, mais il te manque un tremplin, un point d'appui que je t'apporte : c'est, là, la vie tranquille et le cerveau libre. Il te faut cela pour te livrer à ton art, sans avoir les soucis, qui, je le sais, t'empêchent d'aller de l'avant. Je veux te marier !

Je le laissai dire.

« Ne crois pas que je veuille t'introduire sous l'éteignoir d'une famille de bourgeois comme moi, par exemple. Non, pas du tout ! La fille d'un colonel, vingt ans, jolie, musicienne et qui fait de l'aquarelle, ce qui, je crois, a rapport avec tes travaux. Cent cinquante mille francs de dot et des espérances ! C'est fait, si tu veux. »

Je restai, devant ce discours, aussi accablé que quand le marchand de couleurs vient m'apporter sa note. Je demandai à réfléchir, ajournant ma réponse à huitaine, en me réservant de reprendre ma parole, si j'étais consentant à ce projet, après avoir vu, bien entendu, la femme qu'on me proposait.

Ma future femme n'était pas déplaisante, le colonel était un vieux soldat tout rond, la belle-mère n'était ni plus ni moins que toutes les belles-mères. Je me sentais très en force de gagner ma vie, surtout avec l'appoint de relations que m'apporterait ma nouvelle famille.

Je me mariai donc, loyalement, et jamais je n'ai eu plus de foi en mon art que cette première année pendant laquelle je piochai comme douze nègres. Je fus reçu au Salon avec le meilleur tableau que j'ai jamais fait. Tu sais, mon « Orphée arrachant Eurydice aux Enfers». Le tableau ne fut pas remarqué du tout je n'eus pas un article dans la Presse. Je ne me décourageai pas et je continuai à travailler, sentant monter en moi une foi dans mon art que je devais sans doute à mes insuccès. Rien n'y fit : trois années s'écoulèrent en luttes et en efforts inutiles.

Je sentis peser sur moi le dédain de toute cette famille de militaires, où la hiérarchie comptait plus que les actions d'éclat. Pour eux, une troisième médaille était un grade comme d'être capitaine et ainsi de suite. Alors, moi, je n'étais rien, mes tableaux, mon travail, mes efforts ne comptaient nullement. Je n'avais aucun talent, puisqu'on ne m'en reconnaissait pas. Ma femme bonne, cependant, était, peu à peu, gagnée par cette hostilité sourde que je sentais gronder autour de moi. Moi-même, j'arrivai à comprendre que je ne gagnais plus ma vie, que je vivais au milieu d'un luxe bourgeois que mes travaux n'arrivaient pas à payer, et je sentais s'abattre sur moi la honte d'être un monsieur entretenu. Pendant quelques mois je luttai et je souffris le martyre. Enfin, je pris une résolution; j'étais habile, je savais mon métier, il fallait choisir entre deux genres de prostitution, et je prostituai mon art.

Alors, je me mis à composer d'écœurantes banalités et à faire de la peinture à la vaseline et au beurre d'amandes. J'obtins une mention. L'année suivante, avec le portrait d'une vieille toupie qui jouait à la Marquise de Rambouillet et qui tenait un salon littéraire, j'arrivai à une troisième médaille. Je conquis la seconde avec la chose innommable que tu connais.

Puis, une première, avec le portrait d'un archevêque et celui de la maîtresse d'un ministre. Ça y était : J'avais rattrapé le temps perdu, reconquis l'estime de ma famille et l'amitié de ma femme.... et gagné le mépris de moi-même.

Alors, le calvaire commença : je m'installai ici, dans cet hôtel. Mes beaux parents disparurent. Ma femme était devenue une autre femme, gagnée par les habitudes du monde, n'aimant à vivre qu'au milieu du faux luxe que ma nouvelle situation rendait nécessaire. Je gagnai trente mille francs par an, j'en dépensai quarante. Aujourd'hui, je suis criblé de dettes, je suis obligé quelquefois d'emprunter un louis à mon valet de chambre. Je ne peux m'acheter ni un livre, ni un bibelot. Je vis dans un décor de théâtre et rien, ici, ne me semble être à moi. Je connais les protêts et les exploits d'huissiers. Ma médaille d'honneur va les apaiser un instant... Et il faudra continuer le calvaire jusqu'au portrait du pape pour arriver à l'Institut.

Il disait cela, debout devant son chevalet; il se laissa tomber sur le siège de sa chaise basse, reprit sa palette; sa main qui tenait la brosse fila le long de sa cuisse... Il était anéanti par cette confession... et il se remit à beurrer, d'un coulis jaunâtre, le cou très gras d'une femme sexagénaire...

La Bohême Galante

Je demandais à un sage ce qu'il pensait de l'amour qui n'est pas « enfant de Bohême » et qu'on appelle tout de même l'amour, quoiqu'il ne soit question que de porte-monnaie.

— Je pense, certainement, qu'il n'y a qu'un rapport très éloigné entre les dames aimables dont vous parlez et nos aïeules qui filaient la laine ; je sais, qu'il en est bien d'autres qui ne valent guère mieux et qui ne sont cachées de stupres moraux absolument pareils que par d'hypocrites conventions. Croyez-vous qu'une dame austère assise au comptoir d'un des nombreux restaurants à cabinets particuliers, ne fait pas le même métier quand, le sourire aux lèvres, elle fait conduire un monsieur et une dame au cabinet n° 6, qui est pourvu d'un bidet en nickel et d'un divan propice? N'est-ce pas la même chose que la pratique directe? Vendre de la pornographie sous forme d'images et de papier noirci; même chose encore. En un mot : Quelle que soit la forme sous laquelle on vend et on tire profit de ce que, par un doux éphémisme, nous appellerons l'amour, est un acte absolument identique.

Gardez-vous bien de faire de la morale à ce sujet. Vous seriez aussi ridicule que si vous veniez parler de l'agrément qu'on avait à voyager en diligence. Tous les jours vous serrez la main d'un monsieur sans le sou qui a épousé une femme riche, laide, hargneuse et plus âgée que lui et vous saluez, dans le monde, la même femme qui, pour garder son amant, l'a marié avec sa fille. Rendez vous compte que ces gens-là n'ont perdu aucune parcelle de considération. Démocrite se creva les yeux, c'est peut-être pourquoi il était optimiste; soyez-le sans faire comme lui......

— Merci, Socrate!...

Chez Madame X...

Il y a maison de rendez-vous et maison de rendez-vous, comme il y a fagot et fagot.

Celle-là est bien spéciale, on pourrait s'y croire dans sa famille, entouré de femmes aimables, voilà tout. Ce n'est qu'en se ressaisissant, qu'on s'aperçoit que ces dames charmantes mettent leurs charmes à votre disposition moyennant un taux qu'elles ont fixé elles-mêmes, mais dont elle ne vous parleront jamais, ces questions-là se débattant absolument avec la maîtresse de maison.

La dame à la veste d'astrakan : quinze louis.

Celle au chapeau violet : dix louis.

La femme de l'attaché d'ambassade : vingt-cinq louis.

Tout cela dit discrètement, en petites phrases qui ne sentent pas le chiffre ; il semble qu'on demande le prix d'un bouquet et qu'on est indécis entre la gerbe de roses et la botte de violettes de Parme.

— Les dames qui viennent chez moi,

Henri Boutet

nous dit la maîtresse de maison, ne sont ni mieux ni plus mal que celles que vous verrez ailleurs.

Mais, ici, elles semblent ne pas être dans l'endroit où elles sont : différence dans la façon de les présenter ; voilà tout.

Je sais, dis-je, qu'un bon chef d'orchestre manie tous ses instruments à la fois, son bâton dominateur règle la chanterelle à son gré, impose à la flûte la souplesse et l'harmonie d'un son, commande au basson la profondeur de ses notes, soutire au hautbois ses plaintes mélancoliques. En un mot, le bâton de chef d'orchestre, c'est tout. Les musiciens ne sont rien... à la condition, toutefois, qu'ils soient quelque chose... et les amies que vous m'avez présentées sont bien jolies, mais c'est à vous qu'on doit de les voir plus désirables encore.

— Vous l'avez dit. J'ai des clients qui ne songeraient même pas à aller ailleurs. D'abord, ils sont chez eux. Absolument chez eux ; et, quand ils voient une dame pour la première fois, ils se figurent qu'il y a longtemps qu'ils lui font la cour... Et dire que c'est à moi qu'ils doivent ces illusions ! — Vous croyez ajouta-t-elle, que j'ai dans la vie une fonction négligeable. Non, croyez le bien, et j'en ai conscience. Mais nous vivons à une époque d'hypocrisie où rien n'est à sa place. Ainsi, je vais être, grâce à un de mes clients, nommée officier d'académie ; c'est une marotte à moi depuis longtemps et je trouve que le petit papillon violet fera bien sur ma veste de loutre... Eh bien ! Vous croyez que cette distinction me sera accordée pour ce que je fais... Non pas ! il faudra louvoyer et je serai palmée comme sage-femme!... Vous comprenez que c'est de l'ironie pure et, qu'en tous cas, étant donné ma profession, c'est mettre la charrue avant les bœufs. Ah ! les temps sont moroses !

— Vous, vous ne l'êtes pas, en tous cas.

— Non, vous blaguez, mais je vous assure que c'est vrai, je vais avoir les palmes !...

Le plus joli de tout, c'est qu'elle les a eues !...

Jeune Fille à Marier

— Vous avez même des jeunes filles ; je veux dire des jeunes filles vivant dans leur famille ?

— Certainement, du moment qu'elles ne sont pas mineures, nous sommes en règle. Voulez-vous en voir une ? Elle est, je vous assure, de très honorable famille. Ah ! celle-à n'est pas farouche ! Je puis vous la présenter. Il est quatre heures, dans un quart l'heure elle sera là. Elle quitte sa leçon de piano et elle vient tous les jours, une heure au plus. Je vous assure qu'elle est guettée, attendue, demandée plusieurs fois, le même our, par les habitués qui la connaissent.

Vous la verrez, vous lui causerez un moment, c'est un Greuze ; il faudrait inventer une autre expression que celle de : « On lui donnerait le bon Dieu sans confession », pour donner une idée de ses petits yeux étonnés, de son air ingénu, en un mot de out ce qui se dégage d'elle de chasteté et de décence. On sonne : là voilà. Faites-lui, après les premières mots, une attaque un peu vive, elle saura que vous êtes prévenu et vous verrez si elle se gêne.

. . . .

Une délicieuse petite brunette, les cheveux en bandeau, les yeux baissés, une bouche si petite que ce n'est vraiment pas la peine d'en parler, entra, son rouleau de musique à la main. Petite tenue d'anglaise, avec un chapeau Gainsborough à plumes noires, avec une rose jaune.

— Entrez, Mademoiselle Berthe, Monsieur est un de mes amis qui désire vous connaître parce que je lui ai parlé de vous, et que que je lui ai dit combien vous étiez gentille. Je vous laisse.

— Alors, vous voulez me connaître, Monsieur ?

— Mademoiselle, il est impossible de ne pas le désirer, après ce que Madame m'a dit de vous.

— Que vous a-t-elle dit ?

— Oh ! elle m'a surtout dit vos talents et que vous sauriez me répéter, mieux qu'elle, ce quelle a su me dire.

— Elle s'est trompée, je n'ai rien à dire de moi si on ne me demande rien, ou, alors, des choses banales qui ne sauraient vous intéresser, comme de vous dire que je viens de prendre ma leçon de piano.

— Cela me dit, cependant, que vous prenez des leçons, tandis que j'avais cru comprendre que vous en donniez.

— Si vous voulez; j'en prendrai et j'en donnerai en même temps, nous jouerons un morceau à quatre mains, je viens de faire une heure d'arpèges, ça m'a délié les doigts, vous en profiterez.

— Oh ! mais attendez, attendez ! Je ne suis venu ni pour donner une leçon, ni pour en prendre et mes mains sont maladroites.

— Oh ! Ça, ça ne fait rien, du moment que vous avez la langue bien pendue.....

Et, sur ce ton là, nous ne continuâmes pas longtemps. Je vis qu'on pouvait la mener aux confins des propos salés. La crudité des mots sortait de sa petite bouche d'un dessin si pur, si menu, sans qu'on les provoquât. J'en savais, certes, bien assez, et je laissai à d'autres le plaisir du morceau à quatre mains...

. . . .

— Elle est, vous m'entendez bien, d'une très, très honorable famille, elle a vingt-deux ans ; elle en paraît seize. Voilà longtemps qu'elle vient ici. C'est un des succès de la maison ; elle se marie dans quelques mois ; je vous assure qu'elle s'est fait une belle dot ici.

— Elle se marie !

— Oui, elle se marie, et elle fait ce qu'on appelle un bon parti.

— Mais les parents ? La famille honorable ne l'est guère, à mon avis, si elle ferme les yeux sur tout cela....

— Oh ! elle vit chez une vieille tante qui est seule et à qui on l'a confiée. Maintenant..... honorable ? je veux dire des gens très calés, de situation honorable, estimés dans leur quartier. Enfin ! vous savez bien ce qu'on veut dire quand, maintenant, on parle de gens honorables. Le mot ne veut plus rien dire du tout, pas plus que le mot morale. Quand je serai retirée dans mon village, dans trois ans, je serai, moi aussi, très honorable et je ferai la charité tout aussi bien que la femme du notaire, laquelle aura peut-être mis de l'argent de côté par des moyens d'un autre ordre d'idée, mais qui ne valent pas mieux que les miens...

Maintenant, je m'embarque inutilement, je ne sais pas faire de morale. J'ai voulu vous faire voir un vrai monstre, vous en avez vu un. Je la vends, mais je vous jure que je ne la marierais pas...

Nous causions encore, depuis un moment, la porte du fond s'entrebâilla, la petite tête de Greuze apparut ; et, dans un geste de grâce enfantine, se frottant l'index l'un sur l'autre comme une fillette à l'école, elle me dit : « C'est bien fait ! Je viens de jouer mon morceau à quatre mains !... »

Femme Mariée

Nous étions amis avec de X.... à la terrasse de la Brasserie Royale. Nous regardions défiler la coulée d'autos qui charriait au Bois, dans une après-midi d'automne, toute ensoleillée, les claires toilettes de femmes et les masques de financiers. J'avais connu X... voilà longtemps, lors de la création, sous prétexte d'art ou de littérature, d'un Cercle qui n'avait d'autre but que de témoigner des égards qu'un pays civilisé doit à la dame de pique.

X... était riche. A cette époque il commençait à vivre largement sur le patrimoine de famille. Son père étant mort, il continua; mais, sagement, comme un esprit pondéré qui sait où il va et qui se sent à l'abri des sottises. C'était un jouisseur, le nez au vent, aspirant de la vie de Paris, tout ce qui est bon à y prendre, mais avec une sagesse raisonnée et une satisfaction de dilettante qui me plaisait beaucoup en lui.

— Voyez, me dit-il, cette petite femme en

veste de loutre, qui va passer devant nous; regardez-la bien, et, tout à l'heure, je vous parlerai d'elle...

Je vis une des plus délicieuses petites tanagras parisiennes qu'il soit possible d'imaginer. La figure menue, distinguée, des yeux humides, mélancoliques, sous des bandeaux noirs. Une marche lente, cambrant une taille fine, ses petits pieds menus glissaient sur le bitume, semblables à deux petites hirondelles noires, voletant sous ses jupes... Elle passa.

— C'est, me dit-il, une femme du monde absolument authentique. Je l'ai rencontrée dans une maison de rendez-vous. On m'avait annoncé cette primeur. Elle venait, là, pour la première fois. On me la présenta dans le salon. C'était l'hiver, près de la cheminée. Je me la rappelle encore, enfouie dans un large fauteuil à oreilles, sa petite tête fine émergeant de fourrures, ses yeux dorés dont elle ne savait que faire; son air embarrassé, son attitude timide, sous un indéfinissable sourire attristé.

— Je suis un peu gênée, dit-elle; et, d'un petit air ingénu, elle ajouta : c'est la première fois que je viens dans une maison comme ça....

Nous causâmes de différentes choses, de littérature, de voyages; son esprit était cultivé.

— Je la demandai. Elle entra bientôt dans la chambre où l'on m'avait conduit; la chambre où se trouve une petite sanguine de Boucher que j'ai toujours eu envie d'emporter.

— Je la fis asseoir près de moi et lui demandai, seulement, de continuer à causer avec elle... comme dans le salon, tout à l'heure, aussi longtemps qu'elle pourrait me l'accorder.,. Et je restai deux heures avec elle, n'ayant fait autre chose que de causer et de lui baiser le bout des doigts, de temps en temps.

— Je payai largement la tenancière en lui disant que je reviendrai à un jour que je désignai. Je n'avais pas osé lui dire à elle. — Et je revins plusieurs fois. Vous pensez bien que ma crise sentimentale ne fut pas de longue durée et que je ne me contentai pas ensuite de lui baiser le bout des doigts.

— Dites-moi, dis-je à la maîtresse, si c'est besoin d'argent, coquetterie ou tout autre motif qui la fait venir chez vous.

— C'est très simple à dire : elle n'a aucun besoin d'argent, sa situation personnelle est excellente, tout ce qu'elle gagne ici va à son amant, un chauffeur d'auto....

— Vous la connaissez maintenant, ajouta X.... Si le cœur vous en dit? Elle est à qui la veut et à qui la paie.

— Est-elle mariée?

— Tout ce qu'il y a de plus mariée; mariée à un explorateur qui, à l'heure où, dans la petite chambre qui recèle la jolie sanguine de Boucher, elle pourvoiera aux besoins du chauffeur, pendant qu'à la même heure son mari se fait peut-être trouer la peau en pensant à ses yeux dorés, humides et mélancoliques.

Un Envoi du Midi

Mon vieil ami E... avait mangé un patrimoine de famille d'origine marseillaise dans les marges du monde de la haute noce de la bande Grammont-Caderousse. Ce patrimoine avait été écorné sérieusement dans les milieux de la jeunesse fêtarde.

Pendant plusieurs années il avait mené la vie oisive : parties de chasse autour des mas de Provence, nuits de cercle au cours Belzunce, ripailles de cabinets particuliers.....

Un jour, nous revenions des courses de la Croix-de-Berny ; il m'avait montré un tas de gens à favoris qui ressemblaient aux dessins de Marcellin dans la *Vie Parisienne.* C'était ce qui formait, avant la guerre, le dessus du panier du Tout-Paris d'alors. Des femmes de trente à quarante, dans des voitures à la Daumont, étaient ce qui restait du demimonde de cette époque.

Une voiture de louage passa près de nous, mon ami salua une femme d'une trentaine d'années, brune et courte, sans grande élégance, qui était enfoncée entre des coussins.

— C'est la X... me dit-il — et il me nomma un des noms des plus cotés du Gotha de la galanterie. — Ah ! elle est un peu décartonnée ! Voilà des mois que je ne l'avais vue. Vous savez, ajouta-t-il, que c'est moi qui l'ai jetée sur le bitume du boulevard.

Voici l'histoire, elle est simple : Elle avait quinze ou seize ans et, sur le port de Marseille, on la voyait traîner vendant des oranges. Le soir, à l'ombre que la lune projette derrière les poutres du port, on pouvait la voir, quand on voulait, entre les jambes des débardeurs. Elle était toujours sale comme un peigne. C'est certainement une fille de romanichel ; sa peau tannée, sa crinière de poils noirs durs et serrés, ses yeux caverneux, où flambait un feu de forge, faisaient d'elle un être particulier et attirant.

Souvent, à la sortie du cercle, nous la trouvions à la porte. Elle entr'ouvrait sa chemisette et nous avions l'habitude de mettre quelques pièces blanches entre ses deux petits seins, ronds et fermes comme des oranges. Elle était toujours en haillons. Parmi nous, il en était quelques uns qui certains soirs, sortant éméchés du cercle, avaient goûté à cette chair de mograbine qui sentait l'ail, la cale de navire et le citron.

Mais, à Marseille, il fallait renoncer à en faire quoi que ce soit. Elle appartenait à tous les coltineurs du port et n'aurait pu s'acclimater ailleurs.

Un matin d'été, en sortant du cercle nous la trouvâmes à son poste. Elle avait passé la nuit on ne sait où, elle était minable. L'un de nous lui dit : veux-tu filer à Paris ? Là, tu trouveras ton affaire. Le train part à 7 heures va prendre des nippes. Nous te payons ton voyage et nous te donnons cent francs. Nous étions cinq, chacun y alla d'un louis.

A sept heures, sur le quai de la gare, elle arriva avec un paquet ficelé et un parapluie. Nous avions pris son billet, on lui remit cinq louis. L'un de nous — celui qui avait pris une culotte — lui en remit un autre lui disant : « C'est pour tes frais de voyage ?

J'ajoutai : « Promène-toi sur le boulevard aux environs de minuit, tu n'es pas bête tu trouveras ton affaire. »

Chacun de nous reprit sa vie inoccupée et nous ne pensâmes plus à l'exportation de chair du midi que nous avions dirigée vers la capitale.

Quelques années après, je vins à Paris passer un mois ; je la retrouvai au Château des Fleurs, au bras d'un monsieur décoré. Elle vint à moi et me présenta à son cavalier qui était homme du monde. Nous déjeunâmes ensemble, le lendemain matin. Elle m'avait donné son adresse et je la retrouvai quelques mois après quand je vins me fixer à Paris. Elle avait une voiture au mois et un appartement cossu, dans la Chaussée-d'Antin.

Je connus des gens qui fréquentaient ses dessous. Elle était toujours aussi sale.

Elle mena pendant dix ans la vie la plus extraordinaire qui soit. Elle fit des fugues en Russie et revint avec des coffrets pleins de bijoux de prix.

On la retrouvait, après une grande soirée donnée chez elle, vivant avec un charpentier dans un hôtel meublé de Plaisance. Puis nous la revîmes chez Verdier, parée à neuf, avec des colliers de perles et des bagues à tous les doigts. A Saint-Cloud, à la Tête Noire, je la vis un soir avec trois artilleurs qu'elle régalait...

Qu'a-t-elle fait depuis ce temps déjà éloigné ? vous l'avez vue, elle paraît être encore au-dessus de ses affaires ; mais, si nous la suivions, nous la retrouverions à la Cité Dorée, parmi les chiffonniers, maniant la hotte et le crochet.

C'est ainsi quelle devra finir. Elle a la nostalgie de la crasse et du haillon... En soupant avec des grands-ducs elle n'a jamais eu la joie qu'elle éprouve à être serrée de près par un gars en cotte de velours et en tricot rayé, qui pue la sueur et qui lui paie un litre sur un comptoir en zinc.

Un Libertin

Mon ami X... disait : « Je suis libertin », comme d'autres auraient dit : je fais de l'aquarelle ou je collectionne des timbres-poste. Je dois avouer que, dans sa bouche, — une bouche de méphisto — ce propos gardait un parfum du XVIIIe siècle très marqué. Le mot est désuet, d'ailleurs, peu employé. C'est un mot de ruelle et de petits couchers qu'on ne retrouve guère dans le vocable de la littérature de notre temps.

Il ajoutait, très franc, très convaincu : « Nous sommes des hypocrites ! C'est un mot qu'on n'ose pas dire. On avouera qu'on est gourmand, qu'on aime les parfums ou la musique, qu'on a des yeux faits pour se régaler de l'étourdissante gamme de couleurs des couchers du soleil ou du jus des palettes névrosées de l'école moderne. Tous les sens ont droit de manifester leurs préférences et de développer leur esthétique.... Excepté un seul : celui qui les résume tous. C'est idiot ! et ça n'est pas vrai. On s'occupe de ce sens plus qu'on ne s'occupe des autres. Il est le serviteur docile de folies auxquelles ni la bouche, ni le nez, ni les oreilles ne sauraient prétendre.

Ce sens est paré des joyaux les plus purs; il est divinisé par les poètes et chanté par le dernier des courtauds de boutique... Il rayonne sur toute l'humanité, il a droit à toutes les conquêtes.

Il règne en maître sur les nuits des gens de haute banque, aussi bien que sur les loisirs du terrassier. Mais il est tenu en suspicion : pourquoi? Il me semble donc que je détache le verset d'un psaume à la nature, à sa grandeur et à sa poésie et que, comme un religieux pénétré de reconnaissance devant les lois qui nous sont données, je proclame cet acte de foi qui en vaut bien une autre en disant : « Je suis libertin ». Ainsi parla mon ami X... Et, de sa bouche narquoise, dressée sur le menton fourchu que paraît les pointes diaboliques de sa barbe de méphisto, s'envolaient de galantes phrases de ruelles et des propos empruntés à Crébillon fils.

Maisons de Rendez-Vous

Depuis qu'en littérature et en art, en politique ét en industrie, les amateurs sont venus, avec les chances que leur donnait l'argent, disputer la place aux professionnels, les arts de la galanterie out été durement atteints.

Si les rendez-vous ont toujours existé, les maisons de rendez-vous remontent à peine à une génération. Il messiérait de mêler de la fantaisie ou du paradoxe à des observations découlant de faits précis, contrôlés bien des fois.

Les maisons de rendez-vous sont légions. Un certain nombre est connu, beaucoup sont ignorées et ne peuvent même pas être soupçonnées d'exister.

La clientèle de ces maisons est identique à ce qu'a toujours été celle de n'importe quel endroit où chasse le mâle; la différence n'existe que dans la qualité de gibier poursuivi.

La plupart de ces maisons recrutent leur

personnel, quelquefois passager, souvent fidèle, dans le monde, dans le demi-monde, mais surtout dans la bourgeoisie dont les appétits formidables ont été développés par une époque qui a appelé toutes les classes à la curée des jouissances.

Ces maisons ont plus ou moins de spécialités : femmes de commerçants aux veilles d'échéance ou compagnes d'employés au moment du terme.

Le temps des ribaudes! des belles courtisanes loyalement affichées, des vestales d'amour affranchies, des boîtes à truffards aux numéros énormes flambant autour des casernes, appartient au passé. Nous sommes un peuple vertueux avant tout! Cela tombe toute l'année d'une pluie de réthorique qui s'abat, suivant les vents, aux banquets de concours agricoles et aux inaugurations de statues. Un monsieur salive tout ça sur les restes de salade et sur les reliefs du dessert; et, fier de ses succès, il va, le lendemain, entretenir la femme de l'organisateur du banquet, sur un canapé de la rue Saint-Georges.

Coulisses

Arrivé après le *deux*, les couloirs larges d'un mètre sont encombrés; on se perd dans des coins obscurs; on grimpe à des échelles de meunier qui conduisent dans les endroits les plus variés qui sentent la sueur, le lubin...:. et le reste.

On se perd dans tout le va-et-vient des personnages de la *Revue* qui vont de Chilpéric à l'Empereur du Sahara et qui appelés par le régisseur se bousculent dans les escaliers.

De petites pièces, les portes grandes ouvertes, arrivent à peine à contenir un monde féminin qui se dépoitraille et se chausse. C'est une orgie d'oripeaux, de cuisses nues, de cartonnages et de prolixes appâts, dans un méli-mélo de femmes qui s'engueulent, préparant leur chair pour allumer tout à l'heure dans la salle sous les flots barbares d'harmonie, crachés par des cuivres et des cymbales, les désirs flottants des paisibles bourgeois et éveiller les appétits des femmes de notaire.

Pauvre Bohême

Je posais un jour cette question au patron d'une Coucherie de nuit : Que pensez-vous de votre clientèle ?

— Il y a parmi eux plus de malheureux que de coupables, me répondit-il.

Il est commode, en effet, quand on a le ventre plein et qu'on va retrouver sa maîtresse, de porter un jugement sévère sur les fautes des malheureux.

Ponsard a fait dire à Rodolphe, dans l'*Honneur et l'Argent* :

> As-tu jamais souffert de la faim et du froid,
> Sais tu, pendant les nuits où le souci s'éveille,
> Tout ce qu'à l'indigent le désespoir conseille ?

Savent-ils, ceux qui n'ont souffert de rien, tout ce qui peut venir à l'idée de ces pauvres désemparés ?

Sait-on ce qui fermente dans ces cerveaux, souvent sans haine, quand ils sont étreints par l'injustice et par la souffrance ?

Il y a parmi ces gens, des visionnaires

dont le seul tort est d'avoir conçu la vie, non pas comme elle est, mais comme elle devrait être.

Sur une route, un jour, un chemineau, qui paraissait avoir cent ans, m'a dit : « On pourrait croire, Monsieur, qu'un vieillard comme moi, a dû commettre des crimes pour traîner les routes comme je le fais. Il n'en est rien. Je vous dirais des villages où, depuis plus de vingt ans, je casse des pierres : je couche dans les granges ; on me donne, à la ferme, une soupe et quelques sous et je recommence le lendemain. Je n'ai jamais fait de tort à mon prochain. Personne ne sait mieux que moi ce que le Bon Dieu nous a donné. Je connais tous les arbres, toutes les fleurs des champs, tous les insectes et tous les oiseaux ; et quand, assis au bord d'un fossé, en fumant ma pipe, je vois un beau soleil couchant ou une belle nuit d'été, je pense que ma vie vaut mieux que celle de bien des gens...

Cet homme est un Bohême. Il ne vaut pas un bookmaker !

Le Zouave

Un soir d'hiver, par un temps de neige et un froid norvégien, j'entrai chez Alexandre : un bouge de la rue Galande disparu aujourd'hui. C'était une longue, très longue salle, garnie de tables et de bancs de bois. Au fond, à gauche, un escalier en colimaçon conduisait au premier.

Je n'étais pas assis depuis bien longtemps, dans la salle du bas, quand Rossignol, chef de la sûreté, entra avec deux députés. Nous restâmes ensemble, à la même table.

Rossignol était, là, comme un chef de tribu au milieu de ses sujets. Portant beau, le brillant à la cravate, un pardessus de financier, il était entouré comme un directeur des Beaux-Arts dans un dîner d'artistes. Tous ceux qui l'approchaient lui demandaient quelque chose :

— Une « cibige » patron?

— Vous devez être content de moi. V'la longtemps que j'vous laisse tranquille, ça vaut bien dix ronds.

Les londrès sortaient des porte-cigares, les paquets de cigarettes se vidaient, la menue monnaie quittait les goussets au profit de gens, qui, au fond, étaient de même farine que ceux qui viennent demander à des Ministres des bureaux de tabacs ou la Légion d'honneur.

L'un d'eux, tout fier, vint devant nous et fit danser au bout de ses doigts une clef où pendait un jeton de cuivre ajouré, montrant un numéro.

— Hein, patron!

— Qu'est-ce que cela veut dire, demandâmes-nous ?

Tout simplement, nous dit Rossignol, qu'il a un domicile, et il nous montre sa clef. Il félicita l'apache en lui donnant quelques sous. Tenez, voilà le Zouave! Celui-là, nous dit-il, a été condamné deux fois à mort, dans les bataillons d'Afrique; il a trouvé, chaque fois, le moyen de s'évader et de faire une action d'éclat! la dernière, si ce n'eût été sa situation de condamné, aurait pu lui valoir la croix. Il a été grâcié et, maintenant, il fait la barbe, pour un sou, à la clientèle des bouges du quartier. Mais celui-là, *n'a jamais payé;* son casier judiciaire serait vierge sans ses condamnations militaires. Attendez, je vais l'appeler.

Le Zouave vint donc s'asseoir à notre table, — « Patron, pas besoin de s'enrhumer, y a des courants d'air ».

Nous causâmes : Tout bas, Rossignol me dit : donnez-lui donc chacun dix sous et je vais le faire monter en haut, suivez-le.

En haut, le Zouave se mit dans le costume du père Adam. Il était tatoué des doigts de pieds jusqu'à la nuque. C'était un obélisque. Il y avait de tout : des devises, des symboles, des figures de femmes nues, que sais-je! Mais le dos était le chef-d'œuvre. C'était un grand lévrier qui poursuivait un renard jusque dans son... terrier. Seules, les deux pattes et la queue de la bête étaient encore dehors.

Depuis, je vis souvent le Zouave. Je lui faisais savoir quand je voulais faire une tournée, et il était le compagnon de mes voyages nocturnes.

Conseils d'un Bohême

J'avais autrefois connu le sculpteur G. vestonné de bleu marine ; la lavallière à pois, bouffant sur le torse, le chapeau mou, campé sur la tête, crânement, tel était Carroujeat, sculpteur, 3ᵉ médaille du Salon.

Je le rencontrai, ce matin d'hiver, dans son quartier, là-haut, près de Montsouris, en savates, avec un pantalon à carreaux trop court, empaqueté dans un pardessus d'été noisette, au col relevé, qui crachait les coques avachies d'un foulard écossais, couleur de rouille, sous le col de chemise de flanelle d'un rouge sale. Il tenait une boîte au lait à la main et un pain sous le bras ; un chien galeux le suivait.

— Vois-tu, me dit-il, n'attendant pas que je lui demande de ses nouvelles, ne te marie pas. Mais, si tu devais te résoudre à cette ponction de ton esprit et de ta peau, choisis n'importe où, n'importe qui. Prends une fille de dix-huit ans, avec des écrouelles, derrière des oreilles sales, et un père ivrogne à alimenter; prends une femme de soixante-cinq ans qui s'empiffre de rhum, qui prise et qui a encore du tempérament; arrache, si tu veux, une femme qui fait la retape aux aléas de sa profession; reçois à ta table, son frère marlou qui viendra te taper en te foutant des sottises, prends, en un mot, tout ce que tu voudras, excepté une femme jalouse.

J'en ai une qui m'accuse aussi bien de coucher avec la reine d'Espagne qu'avec la concierge; qui me prêterait volontiers des relations avec un zouave et qui est jalouse d'une chaise, si elle s'aperçoit que je mets mon séant plus souvent sur celle-là que sur une autre. Je ne peux pas me laver les pieds sans avoir une scène; je suis tous les jours frusqué comme tu me vois. Je ne sors pas, je ne fréquente personne. Je suis mort pour tout le monde, excepté, hélas! pour moi. Mais on ne crève pas quand on veut......

Et, appelant son chien, il me quitta, se retournant pour me dire : « Surtout, n'oublie pas ce que je t'ai dit... »

L'Ami de Richepin

Nous connûmes, autrefois, au quartier latin, un jeune homme qui ne se distinguait des autres que par la largeur du col de velours de son paletot et une cravate exubérante qui s'étalait sur du linge douteux.

Il était brun et ses cheveux étaient longs. Sa figure n'était pas joyeuse et ses ongles portaient le deuil d'une gaîté absente. Il ne disait jamais rien. Ce qui faisait dire de lui : « Il paraît que c'est un garçon très fort. »

Il est toujours plus facile de paraître fort en ne faisant rien qu'en faisant quelque chose. Nous savions très mal son nom qu'on prononçait en laissant tomber les syllabes les unes sur les autres, comme un joueur d'écarté couvre les unes par les autres, les cartes qu'il tient à la main. Le nom devenait une sorte d'onomatopée à laquelle chacun donnait le bruit imitatif qui lui convenait. Il était inutile, en somme, que ce garçon eût un nom, puisque, quand on le présentait, on y ajoutait le titre « d'ami de Richepin » qui le haussait, incontinent, dans l'estime de ses contemporains.

Enfin, un jour, le bruit courut dans les petites chapelles littéraires du quartier latin que « l'ami de Richepin » allait publier un sonnet.

Ce muet avait confié ce secret à l'un de nous. Il lui avait même raconté la genèse de ce sonnet qui était venu d'un vers, qu'un soir, sur les quais, « l'ami de Richepin » avait trouvé en regardant la Grande Ourse.

Chacun sait qu'un beau vers se suffit à lui-même. Avec un beau vers on en met treize autour et on fait un sonnet. On en fait aussi une tragédie en y joignant cinq actes d'alexandrins. Pailleron nous l'a dit dans le « Monde où l'on s'ennuie ».

Donc, « l'ami de Richepin » ayant trouvé ce beau vers se confia tout de même à quelqu'un.

Ça lui était donc tombé sur la tête une nuit, non pas en entendant « çanter le rossignol », mais en regardant les étoiles. « Il faisait noir, disait-il, et ce vers illumina tout en moi. Mais, allait-il m'échapper, avant que ses syllabes se soient inscrites dans mon cerveau. J'avais un crayon, mais pas la moindre feuille de papier sur moi. Les marchands de vins étaient fermés... Alors, j'errai sur les quais cherchant quelque enveloppe, jetée là, par une femme adultère, un prospectus de dentiste traînant à terre... ... Rien! Enfin! le long du parapet, près d'un bec de gaz, je ramassai un journal mis en tampon, je le dépliai vite, et, sur les marges, à l'aide de gros traits de crayon, je ligottai solidement les pieds de cet alexandrin : j'étais sauvé...

J'ai rêvé dans les âmes et pleuré sur la foule.

Vous comprenez, ajouta-t-il qu'avec un vers comme celui-là on n'a pas de mal à trouver un éditeur. Mon sonnet s'appellera : *Le Diadème.* Il s'agit maintenant d'enchâsser la perle que je viens de vous faire connaître, dans une joaillerie appropriée. Je vais m'y employer ; et, avant peu, vous entendrez parler de moi.

— Ainsi parla « l'ami de Richepin ».

Mais, moi, je n'entendis plus parler de lui.

Qu'est devenu le beau vers? Il est sans doute retourné dans la Grande Ourse, car celui sur la tête de qui il était tombé est, depuis des années, employé aux Halles, au pavillon de la boucherie.

Il a renoncé à la poésie et au lieu d'aligner des alexandrins, dans des colonnes de chiffres, il aligne le poids des aloyaux sur des livres d'abattoirs.

Chien-Caillou

Le hasard nous avait mené dans cette immense maison du Bas-Sèvres, au pied de Brimborion, dans la partie intacte encore aujourd'hui, qui formait les dépendances du château qu'habitaient les filles de Louis XV.

Rodolphe Bresdin occupait, à lui seul, l'immense grenier d'un corps de bâtiment qui fut construit, autrefois, pour les besoins d'une fabrique.

Depuis longtemps nous apercevions, dans la cour, ce vieux bonhomme silencieux, à la

CHIEN-CAILLOU

démarche pesante, chaussé de gros sabots, coiffé, été comme hiver, d'un chapeau de paille... et ayant éternellement la pipe aux dents.

Champfleury, alors conservateur du musée de Sèvres, nous apprit, que notre voisin était son « Chien-Caillou ».

Bientôt, nous connûmes dans tout le pittoresque et toute la curiosité de la vie de l'irréductible et vieux bohême qu'était Bresdin.

Nous n'ignorions pas ses planches célèbres et le travail patient et minutieux de son art de graveur.

Cette imagination ardente, impressionnée par l'Art des Maîtres, s'était réfugiée, là, loin des milieux artistes, dans ce coin de banlieue, où Bresdin vivait comme un paysan, avec sa vision des forêts vierges et des cités disparues.

Nous devînmes ainsi le familier, le confident de cette vie tourmentée, qui s'écoulait entre un coin de jardin, que Bresdin avait su faire aussi bizarre, aussi étrange, qu'était le grenier qu'il habitait.

Il vivait, là, vendant des salades. De temps en temps, le paletot des dimanches et le haut de forme à bord plat remplaçant la cotte, la serpillière et le chapeau de Touareg, indiquaient que Chien-Caillou, le carton sous le bras, allait à Paris, essayer de vendre quelques épreuves du *Bon Samaritain* ou de la *Fuite en Égypte.*

Cette vie de bohême, de déambulements perpétuels à Paris, à Bordeaux, en Amérique... cette vie, qu'il aurait voulu, disait-il, continuer dans les forêts vierges du Nouveau Monde devait finir, là, près de Champfleury, qui, quarante ans avant, avait accroché au nom de Bresdin, le célèbre et pittoresque pseudonyme de Chien-Caillou.

Un matin de janvier 1885, Chien-Caillou fut trouvé mort dans ce grand lit de bois blanc qu'il s'était construit lui-même. Tout habillé, les poings crispés, enfoui sous toutes espèces de hardes, un matelas replié en deux sur les pieds, au milieu de l'inextricable désordre de malles ouvertes et de vêtements accrochés partout, le vieux graveur fut frappé par une congestion qui le terrassa d'un coup, dans cet immense grenier que rien n'aurait pu chauffer.

Pauvre Chien-Caillou! Je l'avais vu, la veille, à mon atelier. Le soir tombait sur ces froids coteaux de Sèvres, quand, toujours la pipe à la bouche, il entra chez moi. Il avait de mauvais yeux et je me souvins qu'il dit : « Je vois plus clair et plus net que je n'ai jamais vu; si ce qu'on dit est vrai, je n'en ai pas pour longtemps; il paraît qu'on voit comme ça, quand on va mourir ». Il disait souvent des choses étranges, mystérieuses, lointaines... et, ce jour-là, il avait vu, en effet, plus clair que jamais.

Le lendemain, nous le menions à ce cimetière de Sèvres où il fut enterré. La neige tombait sans discontinuer. Nous grimpions, à grand peine, la montée du chemin des Bruyères, derrière le corbillard que, sur le terrain glissant, les chevaux n'arrivaient pas à diriger, Bracquemond, Champfleury, Aglaüs Bouvenne, Cladel, d'Hervilly, Nadar, Chincholle et quelques voisins suivaient le triste convoi. La nuit était venue quand nous redescendîmes de là-haut...; un froid noir nous mordait les os...; et, engoncés dans nos pardessus, nous ne causions guère...

Cette fin n'était ni plus ni moins triste que bien d'autres fins d'artistes; mais cette mise en scène romantique, dans cet endroit désert; cette neige qui tombait sans cesse, ces squelettes d'arbres noirs qui se détachaient sur le fond d'ardoise du ciel, donnaient au dernier voyage du vieux graveur quelque chose de dramatique et de poignant qui nous glaçait encore plus que le dur froid qui nous pénétrait.

Tandis que le pauvre Chien-Caillou, après une vie si tourmentée, après le voyage si long, si pénible, après toutes les fatigues et les désillusions subies en route... goûtait, peut-être ses premières heures de repos sous la douce chaleur que lui gardait cette neige.

Un Poète

— Si ça ne vous fais rien, me dit le vieux, qui ressemblait à Don Guritan, je le mettrai dans ma casquette.

Et, découvrant son chef, il versa le contenu du liquide nitreux qu'on venait de nous servir, dans le fond d'une loubière, au fond capitoné.

— J'ai des névralgies, ajouta-t-il, et l'alcool me fait du bien; ça me réchauffe.

Et, comme je pensai que ce traitement externe ne pouvait être contrarié par un complément de chaleur interne, je fis venir un autre verre de schnick.

C'était au Château-Rouge, à l'ancien Château-Rouge de la rue Galande, où je fréquentais autrefois; j'y avais des... relations et j'aimais à me fortifier un peu au contact de toutes ces misères.

Le vieux s'assit; je le voyais pour la première fois. Nous causâmes un peu de tout, et de tout un peu, suffisamment, pour que je sache que j'avais à faire à un déclassé de marque.

— Je suis, là, tous les soirs, et il me tendit une vieille main, osseuse, décharnée.

J'avais hâte de le revoir; ce vieillard m'avait paru étrange et je revins, avec des amis, quelques jours après.

Vite, il me reconnut et vint près de nous. Cette fois, il versa deux verres sur son matelas d'ouate et nous ne comptâmes plus les doses de son traitement interne.

Les confidences arrivèrent un peu plus vite. Il nous dit qu'il avait été notaire en province et nous raconta des malheurs possibles, pour éloigner de nous l'idée qu'il avait bien pu manger la grenouille et avoir vécu quelques années à l'ombre.

Nous fûmes entraînés à parler littérature et il nous récita la « Nuit de Mai » et le « Monologue de Fortunio ». Je sais Musset par cœur, nous dit-il.

Nous le savions aussi, mais pas comme lui.

— Dites-moi un vers, je suivrai : nous ne le trouvâmes pas une fois en défaut.

Il nous vint à l'idée de revenir, un soir, et de prendre un vers dans une des pièces les moins connues du poète des Nuits ! Le résultat fut le même : il continua. Il connaissait Musset par cœur !

Et nous parlâmes littérature et poésie avec ce misérable que le sort avait jeté là.

Mais, un jour, il bondit sur nous avec un rouleau de papier. C'était une tragédie ! de lui !

Il nous fallut l'avaler en entier.

C'était une chose biblique qui manquait de simplicité, mais qui était tout de même délayée en cinq actes d'alexandrins.

Une tragédie, c'est toujours une tragédie ! Bonne ou mauvaise, c'est quelque chose d'effroyable qui s'effondre sur vous... et nous sortîmes, de là, avec des regards étranges.

Et je compris, d'un coup, ce qui avait pu mener là cet homme ! Je ne lui prêtai plus aucun autre forfait, mais je fus six mois avant de pouvoir entendre dire des vers.

Un Mélomane

Mon cicérone dans les bouges du quartier de la place Maubert, « le zouave » m'avait mené, un soir, dans une bibine de la rue Maître-Albert qui n'existe plus aujourd'hui. On y buvait, là, à un sou la chope, de la bière aigrelette qui sentait le chanvre mouillé.

— Venez, m'avait dit « le zouave », vous verrez là un type qui n'est pas muet, mais qui ne cause jamais à personne. Il est là, tous les soirs, jusqu'après minuit. Si vous pouviez lui parler — ce dont je doute — ce serait curieux pour vous. C'est un prêtre qui a tiré dix ans de bagne. Voilà tout ce qu'on sait. Ah ! y n'est pas ordinaire, le copain !

Nous partîmes donc, lui, avec son sac à faire la barbe, moi avec mon parapluie, car je me rappelle qu'il faisait un temps de chien.

Nous entrâmes chez un petit marchand de vins qui ressemblait au « Père Lunette ». Une petite salle était au fond, avec une demi-douzaine de tables.

Au milieu, entre les deux rangées de tables, une lyre à gaz, avec un papillon qui ne donnait pas plus de lumière qu'une veilleuse, éclairait la salle.

— Mettons-nous là, c'est sa place, la même tous les soirs, et nous nous assîmes, à la seconde table, près du mur.

Tenez, le voilà ! Et je vis entrer Claude Frollo ! Il enleva son chapeau de forme basse, en feutre, et le mit sur la table. Puis, il s'assit sur le banc et tira de sa poche de pardessus une liasse de vieux journaux. Un garçon lui apporta une choppe sur une assiette, sans qu'il eût rien demandé...

Le bec de gaz était au-dessus de sa tête; il se leva, déchira son journal, l'alluma et le mit dans l'assiette ; puis, au-dessus du papier qui flambait, il se chauffa les doigts. Le manège recommença quatre ou cinq fois, il laissait dans l'assiette le papier brûlé ; il trempa les lèvres dans son verre de bière, sortit de sa poche de côté, des morceaux de musique, qu'il mit dans son chapeau. Il étala quelques feuilles devant lui, puis, marquant la mesure, il se mit à solfier...

— Vous devez aimer la musique, lui dis-je ? Je renouvelai ma question deux ou trois fois, sous une forme différente, sans obtenir de réponse et sans qu'il ait eu l'air de m'apercevoir.

— Vous avez vu, me dit « le zouave » en sortant, c'est tous les soirs la même chose ; j'crois qu'il est maboul ! mais il parle, je l'ai entendu une fois, dans la rue, engueuler un sergent de ville.

Quelque temps après, je retournai au même endroit ; je voulais encore voir cet homme ; son souvenir m'obsédait. Je me disais, que, seul, j'arriverais peut-être à le tirer de son mutisme. J'avais emporté tout un lot de morceaux de musique que je me promettais de lui donner.

Il n'était pas là ; j'interrogeai le patron.

— Un soir, me dit-il, on ne l'a plus revu. Je ne sais ce qu'il est devenu.

— Et je partis, me figurant que ce n'était qu'une ombre que « le zouave » m'avait montrée.

La Bohême des Affaires

Autrefois, dans le monde de l'industrie et du commerce, on était vigneron ou serrurier, ébéniste, tisserand, maître de forges, ou horloger, et la vie se continuait dans l'exercice d'une profession qu'on avait apprise, dont on connaissait tous les rouages et dans laquelle on pouvait arriver à passer maître.

Les gens attardés, aujourd'hui, dans des professions qu'ils connaissent, risquent fort de crever de faim s'ils veulent mettre à profit l'acquit de leurs connaissances. On n'est plus ni mégissier, ni imprimeur. On est « dans les affaires », ce qui explique que, sans étonnement, vous pouvez quitter un monsieur qui exploitait une carrière de meulière et le retrouver un an après, dirigeant une fabrique de corsets. Ce qui démontre suffisamment qu'il est à notre époque une force agissante incontestée qui, se puise dans l'ignorance de ce qu'on fait, le contraire vous menant sûrement à des scrupules et à un amour-propre professionnel qui stérilise vos efforts devant l'insouciance et l'habileté des gens qui n'y connaissant rien sont plus audacieux que vous et vous roulent.

La morale à tirer de la *Bohême des affaires* est celle-ci : Les moyens de s'enrichir sont toujours à peu près les mêmes. Ils mènent à la fortune et à la considération quand on réussit et sur les bancs de la correctionnelle quand on est maladroit. Ce qui paraîtrait démontrer qu'il ne faut pas plus mépriser les uns qu'il ne faut honorer les autres.

La Bourse a baissé

La Bourse a baissé aujourd'hui... Une débâcle se prépare, le 3 0/0 a faibli, le Rio ne se tient plus, les fonds russes sont en détresse !

Au sous-sol des immeubles, des gars à cou de taureau et à moustaches drues agitent la blancheur de leur veste dans la rutilance des casseroles de cuivre. Les dîners se préparent. Monsieur rentrera tard ce soir, Madame l'annonce au salon... La Bourse a baissé. La Chaussée-d'Antin est en émoi. Autour des bureaux de banque, on s'agite, les petits bleus s'abattent sur les tables comme une volée de papillons chassés par un coup de vent. Le pavillon du téléphone jette des chiffres dans l'oreille poilue du directeur qui, de sa bouche épaisse, les renvoie à d'autres, tel un volant qui bondit entre deux raquettes.

. . . .

Monsieur, en effet, est rentré tard ; non pas que ses affaires l'eussent retenu beaucoup plus qu'à l'ordinaire puisque, vite, on avait trouvé à parer pour le lendemain le coup de la journée à l'aide d'une canaillerie, qui permettait d'augmenter les petits bénéfices d'un ministre; mais monsieur passait toujours chez sa maîtresse, rue de Prony, avant dîner, et il y était allé, ce soir-là, comme les autres jours, pour se remettre un peu des sursauts de la journée.

A huit heures, on était à table. Le repas fut gai. Les femmes charmantes offraient à leurs voisins dans des mouvements étudiés, le spectacle de leurs seins dans la mousse des dentelles et le chiffonnage des satins. Les hommes furent bêtes comme il convient. L'automobilisme fit les frais de la soirée et ce qui fut dit, en dehors des sports, les échappées sur l'art, la littérature, fut d'une platitude d'idées à faire regretter des conversations de terrassiers. Tous les lieux communs servis à la sauce de la réthorique des gens du monde y passèrent. Ce fut gai, quand même malgré tous ces gens mâchonnant des phrases façonnées par des vaudevillistes et lancées dans la circulation par des tailleurs.

Après le dîner, on s'éparpilla au salon, au fumoir, dans la serre, dans le petit salon de Madame. Les ampoules de lumière au milieu] de gerbes de fleurs, modifiaient les formes et les couleurs des plantes exotiques qui foisonnaient dans tous les coins.

Le laisser-aller de chacun s'accentua après les cigares de choix. Monsieur parla, assez haut, de sa maîtresse; et, Madame, dans la serre, donna dans un long soupir qui se perdit dans la nuit, le premier baiser d'amour à son nouvel amant..... le commanditaire de demain.

Porte-Maillot

Quel monde! quel monde!! Je vous conseille d'aller vous asseoir l'été à la terrasse d'un des cafés qui sont autour de la porte Maillot.

Allez-y de cinq à sept heures, à l'heure de l'apéritif. Nulle part, vous n'y pourriez voir un monde pareil!

C'est le monde de l'auto et de la bécane au grand complet : coureurs, chauffeurs, courtiers et tous les intermédiaires qui sont accrochés aux flancs de ces notables personnages.

Oh ! ces têtes ! ces têtes ! ! Oh ! tout ce monde de rastas, de souteneurs et de pédérastes ! C'est effrayant ! Il faut voir tous ces vestons d'anglais, ces casquettes russes, ces faces glabres, ces cravates rouges ou vertes, ces yeux torves de bêtes repues, ces yeux chaffouins de paysans madrés, ces têtes de voyous vicieux et de bourgeois apoplectiques !

Allez vous perdre dans les repaires de halles, dans les bibines de purotains, dans les bars de faubourg où fermentent les sabotages révolutionnaires vous ne trouverez pas quelque chose qui puisse vous dégoûter de l'humanité autant que ces gens-là le peuvent faire.

Ça ne parle que de cadres, de châssis, de pneus, d'embardées, de dérapements, tout un vocable spécial qui ne vaut certes pas la langue des Canaques.

Quelle racaille que tous ces gens sinistres, intermédiaires d'un tas de besognes louches! Ils jouent aux courses, ils trichent dans les cercles interlopes, ils font la traite des blanches, ils placent du champagne, ils vendent des femmes. Tout leur est bon.

Toute la vie se concentre pour eux autour du caoutchouc, de l'acétylène et du 120 à l'heure. Ils ne lisent que les journaux de sport, et, dans la vie, rien autre chose ne les intéresse.

Parlez, devant eux, d'une action d'éclat ou d'une affreuse misère, ils ne seront ni transportés, ni apitoyés.

Parlez-leur d'un crime épouvantable ou d'une catastrophe, vous ne les trouverez ni indignés, ni émus.

— « L'auto ! le circuit ! la panne ! le panache ! l'embardée ! le pneu ! le caoutchouc et l'acétylène ! ! ! » Ça résume toute la vie de ces gens-là.

Je leur préfère les Canaques !

Un Déjeuner

— Venez donc un matin déjeuner avec moi, nous causerons un peu.

— Volontiers, où ? Quand ?

— Le jour que vous voudrez, sans me prévenir, 11 h. 1/2 toquant, au café Riche.

— Je quittai mon ami — à Paris, tous les gens qu'on connaît sont des amis — croyant bien, étant donné la situation que je lui supposais, qu'il m'aurait donné rendez-vous dans quelque gargotte. Enfin ! me dis-je, sans chercher à comprendre, j'aime autant là, qu'ailleurs, et j'y fus un jour.

Je n'étais pas assis encore que Planquet entra, accompagné d'un monsieur qui ressemblait à Gambetta et dont le paletot était étiqueté du rouge le plus pur.

— Ah ! C'est gentil. Mon ami X... Mon ami Z... Trois autres personnes aussi décoratives, quoique moins décorées, arrivèrent. Nouvelles présentations et on se mit à table. Ah ! mon ami Planquet ne marchandait pas plus les qualificatifs à ses invités, qu'il ne lésinait sur le service de la table. Nous avions tous au moins du génie, et, au dessert, on débarqua comme dans un entrepôt de gare, les plus majestueuses caisses de cigares mêlés aux cravates multicolores, des cognacs de marque et des liqueurs de choix. On mit, pour tout le monde, de prestigieuses affaires en train, même pour moi, et on convint de se revoir sous huitaine.

Je partis avec un des convives, un petit homme sec tiré à quatre épingles.

— Il y a longtemps que vous connaissez M. Planquet?

— Mais oui, répondis-je, seulement, je ne le vois jamais. Je ne sais même pas ce qu'il fait maintenant. Il me paraît assez calé et ne manquant pas de relations; voilà tout ce que je peux vous dire.

— Je le connais, moi, depuis peu; mais, en effet, je crois que c'est un garçon qui a l'air de faire ses affaires.

Nous étions les mêmes au second déjeuner, plus un homme noir qui mangea beaucoup et ne dit pas un mot.

C'était un filateur du Nord qu'on « travaillait » depuis huit jours, pour lui faire verser cent mille francs dans une banque, dont le monsieur qui ressemblait à Gambetta était directeur.

Mon... ami était un rabatteur qui ramenait de droite et de gauche des gens bons à détrousser et qu'il remettait à ce déjeuner entre les mains du directeur de cette Banque.

Le filateur qui avait donné ses cent mille francs, s'est fait sauter la cervelle.

Le directeur de cette banque, après une faillite frauduleuse, fut condamné à deux ans de prison.

Mais, je me suis toujours demandé pourquoi, mon... ami m'avait invité à ces déjeuners?...

Expositions

Les expositions qui se succèdent, que ce soit dans le Grand ou dans le Petit-Palais, dans les serres de la Ville de Paris ou ailleurs changent de noms, quoique ce soit toujours la même exposition qu'on serve.

L'entrée coûte toujours vingt sous. Le

jour de l'ouverture, on marche dans des plâtras, on risque de recevoir des marteaux sur la tête ou de se déchirer à des clous. Rien n'est prêt et il n'y a pas un comptoir sur dix d'ouvert. Quand l'Exposition se ferme, les choses n'ont guère changé. On y voit des choses qu'une tournée sur les boulevards vous offrirait pour rien ; mais, il faut bien faire quelque chose pour les étrangers et pour les provinciaux, car, vous pensez bien, que jamais un Parisien ne met les pieds dans ces endroits où besognent, du premier au dernier jour, des gens qui se livrent à l'art de la pâtisserie en ciment armé.

Ce qu'on trouve d'une façon permanente dans ces expositions, ce sont des outils à découper les carottes, des maisons à bon marché en carton pâte et tous les laissés pour compte de l'ameublement ; des carreaux de céramique et des cuvettes hygiéniques, des petits tourniquets mécaniques pour l'alimentation des poussins et des pièges à attraper les rats.

Un orchestre, l'après-midi, inonde de

valses viennoises les gens ennuyés qui viennent là au lieu d'aller visiter les catacombes. Vers les cinq heures, des femmes y font la retape; et, à six heures, les rares visiteurs s'écoulent. Ce sont des exploitations de gogos menées par des gens qui ne font que ça. Ils organisent des concours de nouveaux-nés aussi bien que des expositions de métallurgie.

Ces entreprises appartiennent au bluff et à la réclame et elles ne servent en rien au progrès des industries qui en font l'objet. Ces expositions sont toujours inaugurées par des ministres. Les gens qui les organisent gagnent de l'argent et arrivent facilement à se faire décorer.

Infirmerie de Journaux

Les journaux qui ne paraissent plus ne cessent cependant pas d'exister.

Une adroite combinaison les réunit pour, qu'en commun, ils puissent pleurer leur infortune et laisser quelque profit à celui qui les hospitalise.

Unis autour de détresses pareilles, le temps qui assagit tout, les illusions envolées qui portent à la philosophie, les souffrances qui commandent la résignation ont rendu leurs idées communes et leurs opinions pareilles. La concurrence n'existe pas entre eux et les violences des polémiques y sont inconnues. Tout comme les autres journaux ils publient les nouvelles du jour, les comptes rendus de la Chambre, le cours de la Bourse et le Bulletin des Halles en donnant à leur lecteur des nouvelles de Mme Steinheil.

Les articles de tête résument des opinions moyennes propres à satisfaire tous les partis. Ce sont des calmants qui, employés par les autres journaux, nous feraient une France où, bien vite, au lieu de se jeter des injures à la tête, tout le monde arriverait à s'embrasser.

Le secret de cette harmonie sans pareille est très simple.

Ce n'est qu'une seule et même rédaction qui sert à tous ces journaux de titres et d'opinions différentes.

On met sous presse : Une liste qui ne

change pas détermine le tirage de chacune de ces feuilles à l'agonie.

600 pour le *Chant du Départ.*
450 pour l'*Hebdomadaire.*
316 pour la *Révolte.*
219 pour l'*Echo du Soir.*
117 pour le *Drapeau Unicolore.*
84 pour le *Réveil de la Gaule.*
37 pour le *Conquérant de l'avenir.*

Nous ne donnons, bien entendu, qu'une partie de cette liste. D'autres titres et d'autres chiffres de tirage viennent s'intercaler entre ceux que nous donnons.

La machine poussive crache les 600 numéros du *Chant du Départ*; on arrête. On enlève le titre et on bloque celui de l'*Hebdomadaire,* et la machine à nouveau roule, poussant 450 soupirs après lesquels elle s'arrête, pour continuer le même jeu jusqu'à son dernier hoquet au service du journal qui tire à 14 exemplaires.

Le revenu qu'on tire de cette industrie ingénieuse n'est pas brillant, mais il nourrit son homme.

La vente a beau baisser et les « bouillons », les invendus ramassés à pleins camions, les abonnés ont beau se défiler, un à un, comme des figurants qui disparaissent derrière un portant, il reste toujours quelques lecteurs convaincus et quelques abonnés irréductibles qui permettent au journal de faire figure, de paraître n'être pas mort en servant chaque jour le numéro justificatif à ceux qui ont fourni des annonces et qui croient à un tirage important.

Ces abonnés fossiles et ces gens qui alimentent les feuilles d'annonces se pêchent encore dans les chefs-lieux de canton de départements lointains. Le vieil abonné, à sa fenêtre historiée de pots de géraniums, qui donne sur la place du village, déplie tous les matins son journal et prend contact avec la vie.

L'horticulteur continue à annoncer qu'il vend des oignons de jacinthes, le pharmacien des remèdes contre le mal de dents; des savons à détacher, des cirages onctueux et des pâtes à polir, viennent égayer leurs annonces de clichés qui amusent les enfants.

Le pied dans la tombe, ces journaux continuent à ne pas mourir. Ils ne troublent pas l'ordre social et apportent à ceux qui les lisent, autant de satisfaction que les autres. Ces bons vieux journaux attendent leur fin comme ces pauvres vieillards qu'on voit dans les jardins d'asile, assis sur un banc, la canne entre les jambes, regardant tomber les feuilles d'automne sous leurs pauvres pieds engourdis.

L'Échéance

Le directeur de cette vaillante petite Revue devait mourir à la peine.

A trente-six ans il fut tué par les soucis, les besoins d'argent et les difficultés commerciales inhérentes à toute affaire de ce genre établie avec des capitaux insuffisants.

On peut dire que *la Plume* mourait au jour le jour.

Je voyais souvent Léon Deschamps qui était mon ami. Il se confiait à moi et j'étais au courant de toutes les difficultés qu'il avait à vaincre. Je savais combien sa tâche était dure, combien il amassait de soucis avec des combinaisons d'argent, dont il lui fallait chaque mois, dresser le fragile échafaudage pour arriver à doubler ce cap de l'échéance contre lequel tant de commerces et d'industries viennent s'ouvrir les flancs.

Quand elles approchaient, ces échéances, il était des nuits sans dormir, dressant des plans pour la journée. Il lui fallait courir partout, faire renouveler des billets, traîner dans vingt endroits pour se faire escompter ceux qu'il avait en portefeuille, subir les rebuffades, affronter les paroles dures de certains, avoir l'air de croire aux fallacieuses promesses de gens sans scrupules qui lui promettaient, pour se débarrasser de lui, ce qu'ils savaient ne pas pouvoir tenir... Il lui fallait ensuite frapper à toutes les portes pour trouver quelques sous, obtenir des délais, apaiser des huissiers... Que sais-je encore ?

Et tous les mois il lui fallait recommencer à gravir les stations de ce pénible calvaire !

Aux montées sinistres de ce Golgotha il a usé ses nerfs, tué la force qui était dans cette robuste nature de Poitevin et il est tombé, le sang décomposé, pour ne plus se relever, après quatre jours de maladie.

Il était mort du mal de l'Échéance.

. . . .

Le 31 Décembre on l'enterrait.

Les amis étaient nombreux, il était bon ; il avait obligé tous ceux qui l'entouraient. On rendit justice à ses efforts, à la vaillance, à la droiture de son caractère et tous étaient venus lui dire un dernier adieu.

. . . .

Il était midi. Le cercueil était dressé, en bas, dans le hall qui servait aux expositions.

Au moment de la levée du corps, sous cette porte où, tant de gens connus, où une légion d'artistes et de littérateurs avait passé, au moment même où les employés des pompes funèbres emportaient le cercueil, un invité inattendu, là devant la porte, venait encore le trouver.....

C'était un employé de banque, son portefeuille sous le bras qui venait, jusque-là, le poursuivre, lui apporter la liasse de papiers, la mitraille de chiffres sous laquelle il était tombé pour ne plus se relever.

Il y avait du Shakspeare dans cette mise en scène.

Ce drame n'était donc pas fini ?...

Ces bouts de papier qui l'avaient tué allaient-ils donc le poursuivre encore ?...

Le Mauvais Riche

Un ancien marchand de nouveautés, nommé Chauchard, vient de mourir à l'âge de 88 ans.

Ses efforts et son intelligence commerciale consistaient à grouper des capitaux et à enrégimenter un nombre considérable de travailleurs, ce qui lui avait assuré une fortune de près de 200 millions.

Pour avoir ramassé une pareille somme en vendant des bretelles, des corsets de satin et des bas à jours, il avait été nommé Grand-Croix de la Légion d'honneur, ce qui est tout à fait flatteur pour ceux qui se font trouer la peau sur le champ de bataille.

Il est donc démontré qu'écrire « Ruy Blas » ou « Madame Bovary » sont des besognes inférieures. Vendre des parapluies ou organiser des expositions de Blanc est mieux.

Il me semblait, que pouvoir fréquenter avec les gens du monde sur les pelouses d'hippodromes et dans les coulisses d'Opéra était suffisant pour récompenser de pareils efforts.

Monsieur Chauchard, qui avait beaucoup de favoris, n'en avait pas de plus beaux que les siens. En les faisant voisiner, sur les pages d'images falotes dont se régalent les snobs, avec la barbe de Léopold et les côtelettes d'archiducs, les spécialistes d'un art qui ne dépasse pas le Pesage, ont élevé le commerce des tissus à la hauteur des trônes. Que vouloir de plus?

Monsieur Chauchard mettait de très gros prix à l'achat de tableaux qu'il achetait, non pas pour sa galerie, mais pour « la galerie »; mais il payait plus royalement encore des phrases laudatives qui lui donnaient plus de plaisir, et qu'on lui servait à sa table, en dégustant des vins du Rhin.

L'exposition des « Nouveautés d'été » et l'ouverture de l'exposition des tapis étaient prétexte à réunir, dans son pavillon de Longchamps, autour de vaisselle qui, quoique plate, était en or, des amis bienveillants dont la verve était excitée par le rendement des inventaires.

Des morceaux d'éloquence que, plus tard, on retrouvera dans les anthologies, à côté de l'oraison funèbre du prince de Condé, méritent d'être cités :

« Chauchard est un de ces hommes qu'à certaines heures le destin choisit dans la foule et jette sur la scène du Monde pour remplir des missions privilégiées. » (*Exposition des nouveautés de printemps*).

« L'œuvre qu'il a accomplie est sans rivale, les chiffres suffisent pour en caractériser la grandeur. » *(16 pour cent aux actionnaires)*.

« Dans l'atmosphère pleine d'égoïsme où

nous vivons, vous avez fait glisser un rayon (*articles de bains de mer*), vous avez fait passer un souffle d'air pur qui vivifie et qui console. »

« Vous avez conquis l'admiration et la reconnaissance universelle. »

« Vous vous êtes assuré la part la plus belle d'immortalité. »

Si, avec des machines comme ça, vous ne faites pas croire à un homme qu'il est Charlemagne, c'est à douter du pouvoir de l'éloquence !

Aussi, Monsieur Chauchard pensa-t-il à de somptueuses obsèques ; et, quoiqu'on lui eut dit, à son lit de mort, que la séance de la Chambre serait levée en signe de deuil après lui avoir voté des funérailles nationales, il voulut cependant y ajouter des attraits particuliers et des soins personnels. Les journaux ont donné, à ce sujet, des détails qui ne sont pas sans saveur.

. . . .

Son testament récompensa ses serviteurs suivant leurs mérites, et, comme en toutes choses, il aimait le symbole, il n'oublia pas les humbles. Il fit donc mettre dans son cercueil ses rubans et ses croix, plus un gilet à boutons de diamants évalué cinq cent mille francs, ce qui constitua un cadeau royal pour les taupes et les vers de terre.

......Et, après une vie si bien remplie, Monsieur Chauchard fut couché dans un écrin de bois d'amaranthe, capitonné de satin, avec des poignées d'or ciselé, tels ces diadèmes de princesses que vous voyez aux vitrines des joailliers de la rue de la Paix.

Et Paris fut convié à des funérailles tellement scandaleuses qu'on n'osa pas les faire en suivant les volontés du défunt.

Le Gouvernement craignit de froisser les C. G. T. et il obtint des exécuteurs testamentaires des modifications qui réduisirent ce fastueux convoi aux simples proportions de celui d'un Ministre qui aurait eu le sac...

Tout le monde connaît la lithographie populaire du peintre Vigneron : « Le convoi du pauvre ».

Un pauvre corbillard — sans fleurs ni

couronnes, celui-là — et un chien qui suit.

Il n'y avait même pas derrière le convoi de Monsieur Chauchard, ce pauvre bon chien, pleurant son maître !...

Si l'auteur du « Convoi du pauvre » vivait encore, il aurait eu, avec l'enterrement du mauvais riche, un joli pendant à son tableau célèbre.

Si Monsieur Chauchard n'a pas eu une « bonne presse », il a eu une foule moins bonne encore.

Je l'ai serrée de très près, cette foule. Pendant deux heures, place de la Bastille, je me suis mêlé aux groupes et j'ai causé à vingt personnes : hommes et femmes, jeunes et vieux. Je sais ce que j'ai entendu, je suis fixé.

Quand passa le corbillard, un vieil ouvrier me dit : « Y a pas un chapeau sur cent qui se lève. V'là trente ans que je demeure rue de la Roquette, j'en ai vu des enterrements, j'ai jamais vu ça ! — Ah ! j'ai pas salué non plus ! — Les matins d'exécution, j'ai vu descendre les corps des suppliciés ; j'ai levé ma casquette : ils avaient payé leur dette. Celui-là s'en va sans avoir payé la sienne. Ah ! Monsieur, ajouta-t-il, faut vivre dans nos faubourgs pour savoir ce que c'est ! Faut voir toutes ces pauvres femmes et ces pauvres filles qui turbinent du matin au soir, qui passent les nuits à des travaux de lingerie et de passementerie qui ne leur donnent pas de quoi bouffer. C'est anémié, ça ne prend pas l'air, puis, ça tousse, vers les quinze ans, et y en n'a pas pour longtemps, allez. Pas seulement d'quoi acheter du sirop, quéqu'fois. Ah ! si toutes celles qui sont parties avant lui suivaient son char, y en aurait jusqu'à la Concorde ! Et tous les boniments qu'on nous raconte n'y f'ront rien. C'est comme ça, c'est moi qui vous l'dis... »

Je vais et je viens partout, c'est à peu près la même chose que j'entends. Les camelots vendent des lettres de faire-part injurieuses et ironiques et les bénéficiaires du testament sont traités de belle façon.

Ce sont, avec ces incidents et ces propos,

qu'on pénètre dans les sentiments qui animent une foule. On est comme un docteur qui, après avoir tâté le pouls d'un malade, pris l'état de la température, examiné les yeux et la langue, sait à quoi s'en tenir.

Ce ne sont ni les représentations de galas, ni les piteuses inaugurations de n'importe quoi, ni toutes les « Foires au pain d'épice », que nous servent la politique et les sociétés de sport qui permettront jamais de se mettre en contact avec l'âme de Paris, avec cette âme du peuple, toujours pareille, malgré tant de choses qui paraissent la changer.

Ce n'est ni dans les hautes classes, ni dans la classe moyenne des satisfaits, qu'il faut chercher de l'enthousiasme, ou de l'indignation. Le peuple, seul, dispose de ces élans de cœur et de cette netteté du bon sens qui viennent faire pièce à toutes les théories de rhéteurs et à toute l'abondance des discours.

A un an de distance, deux faits — deux enterrements — ont mis à nu cette âme de

Paris : l'enterrement de Coppée et celui de Monsieur Chauchard.

J'ai assisté aux deux enterrements me mettant, à l'un et à l'autre, en contact avec la pensée de tous ces gens pour savoir pourquoi ils se dérangeaient, s'ils étaient menés par la curiosité, ou s'ils venaient pour apporter une sympathie à celui qui s'en va.

Que de faits à noter, que choses à dire aussi bien sur l'enterrement du poète, que sur les obsèques du parvenu. Cette âme de la foule ne se trompe pas, elle marque son empreinte brutale sur les événements, d'une idée ou d'un propos qui fait balle, d'un mot qui crève et dégonfle les vanités, ou qui pare d'une fleur la dépouille de celui qu'elle a aimé, qu'il soit académicien ou soldat, riche ou pauvre, pourvu que près du sien, elle ait senti battre le cœur de celui qui s'en va.

L'échange de tout ce qui constitue les pauvres vies d'ouvriers se mêle dans les propos et les confidences d'ateliers. Chacun donne un peu de sa vie et emprunte à la vie des autres. De là, naît, dans cette ambiance de partage de maigres joies et de misères, le mystère, inconnu de beaucoup, du cœur de Paris ; de ce cœur de peuple, qui vibre et qui sursaute au spectacle des belles actions, qui s'indigne et se révolte devant les injustices que lui apportent l'égoïsme et l'insolence des parvenus.

Devant toutes ces têtes de faubourg : ouvriers, vieilles femmes, petites mines pâles des fillettes, vieillards usés par le travail, gars en bourgerons et filles en cheveux ; devant toute la misère que toutes les portes de maisons d'ouvriers crachent dans la rue, devant cette fresque de la misère des humbles et des souffrances des petits : le convoi du riche passa !...

Le chapeau des hommes restait sur les têtes.

Les femmes ne faisaient pas le signe de croix !...

TABLE DES MATIÈRES

www.ingramcontent.com/pod-product-compliance
Lightning Source LLC
LaVergne TN
LVHW012015220826
846092LV00001B/364

* 9 7 8 2 3 2 9 2 9 4 1 9 3 *